할 매

할매

초판 1쇄 발행 • 2025년 12월 12일
초판 11쇄 발행 • 2026년 1월 15일

지은이 / 황석영
펴낸이 / 염종선
책임편집 / 이진혁 정편집실
조판 / 신혜원
펴낸곳 / (주)창비
등록 / 1986년 8월 5일 제85호
주소 / 10881 경기도 파주시 회동길 184
전화 / 031-955-3333
팩시밀리 / 영업 031-955-3399 · 편집 031-955-3400
홈페이지 / www.changbi.com
전자우편 / lit@changbi.com

ⓒ 황석영 2025
ISBN 978-89-364-3988-0 03810

* 이 책 내용의 전부 또는 일부를 재사용하려면
  반드시 저작권자와 창비 양측의 동의를 받아야 합니다.
* 책값은 뒤표지에 표시되어 있습니다.

할매

황석영
장편소설

창비

차례

할매   007

작가의 말   218
감사의 말   222

1

새 한마리가 날아왔다.

동쪽 하늘 멀리 흰 눈을 덮어쓴 산맥이 연이었고 그 아래로 높고 낮은 산과 언덕이 물결치듯 내려오다가 그치고, 키 작은 관목 숲이 우거진 들판이 나오면서 드넓은 습지 가운데로 강이 나타났다. 어디쯤에서 시작하는지 알 수 없는 긴 강은 구불대며 서쪽에서 동북쪽 바다를 향하여 흘러갔다.

산맥의 깊은 숲에는 가문비나무, 전나무, 낙엽송, 자작나무가 뒤섞여 자라났고 산세가 낮아지면서 참나무, 사시나무 그리고 월귤, 들쭉, 산딸기, 시로미, 노간주나무 열매, 붉나무 열매 등이 한데 어우러져 자라나 새와 작은 짐승

들이 먹고살 만해 보였다. 물가에 가까이 가면 물풀과 갈대가 자라난 곳과 뻘밭과 모래땅과 자갈밭이 드문드문 나뉘어 있었다. 강변에도 여러 종류의 새들이 살았지만 서로 식성과 먹이가 달라서 다투고 빼앗을 필요 없이 일정한 거리를 두고 둥지를 지어 살았다.

개똥지빠귀라는 새 한마리가 산자락이 끝나는 낮은 관목 숲으로 날아왔다. 등은 껍질 벗은 소나무처럼 짙은 갈색이었고, 머리는 검은색에 눈 위로 눈썹 같은 흰 선이 그어졌고, 배는 흰 바탕에 검은 반점이 얼룩얼룩했다. 그곳은 작은 새들의 낙원이었다. 새들이 땅바닥 아무 데나 작은 부리로 젖은 나뭇잎을 들추고 흙을 파헤치면 지렁이든 굼벵이든 나방이든 애벌레든 맛있는 것들이 나왔다. 개똥지빠귀란 새는 어느 것이나 똑같은 모양이라서 여럿이 모이면 분간하기가 어렵지만, 방금 낮은 숲으로 날아온 이 개똥지빠귀는 알록달록 검은 점박이 가슴털이 동그랗게 뜯겨나간 자리가 있었다. 그건 지난여름 어느 날, 강 건너편 풀밭으로 벌레를 잡으러 갔을 때 죽을 뻔했다가 살아난 흔적이었다.

개똥지빠귀는 풀밭에 벌레를 잡아먹으러 내려오면 자기 걸음을 재어보듯이 쪼르르 달려가다가 멈칫 서서 하늘 보고, 좌우 보고, 땅속을 부리로 뒤적거리다가 다시 쪼르르 달려가곤 했다. 새가 멀리서도 벌레가 있을 듯한 장소를 찜해놓고 달려가 멈추어 서서 부리로 몇번 콕콕 찌르면 나뭇잎 아래나 얕은 땅속에서 지렁이, 애벌레, 굼벵이, 딱정벌레가 나왔다.

  풀밭 위쪽 언덕 비탈에 자라난 참나무 가지 위에 갈색의 털북숭이 새가 앉아 있었다. 그것은 말똥가리였는데, 동그랗게 놀란 듯한 눈을 부릅뜨고 아래를 내려다보다가 날개를 펼치고 풀밭을 향하여 날아갔다. 말똥가리가 지상을 훑듯이 얕게 날아 지나가면서 발가락을 쫙 벌려 벌레 잡기에 골똘한 개똥지빠귀를 잡아챘다. 개똥지빠귀는 울부짖고 날개를 퍼덕이며 천적의 발톱에서 벗어나려고 버둥거렸다. 자작나무 숲에 둥지를 튼 까마귀들이 후다닥 날아올랐고 그중 세마리가 말똥가리에게 달려들었다. 까마귀들은 몸집은 작았지만 빠르고 날쌔게 말똥가리를 추격하여 등 뒤에서 쪼았고, 다른 까마귀 두마리도 연달아 달려들며 날개로 적을 후려쳤다. 말똥가리는 움키고 있던 개똥지빠귀를 놓쳐버렸다. 까마귀들이 말똥가리를 자기네 영역에서 멀리 쫓아내는 사이에 겨우 빠져나온 개똥지빠귀는 강 건너편 관목 숲의 아늑한 둥지로 날아갔다. 작은 새는 찔레나무의 가시덤불 아래 지은 둥지 속에서 숨을 헐떡이며 놀란 가슴을 진정시켰다. 개똥지빠귀는 앞가슴의 털이 뜯기고 날개깃도 몇개 빠졌지만, 둥지에서 쉬면서 싱싱한 들쭉과 시로미 열매를 따 먹고 회복이 되었다. 이 개똥지빠귀가 같은 부류의 새와 달라진 것은 가슴의 검은 얼룩 털이 동그랗게 빠져 하얀 점처럼 보이게 되었다는 것이다.

머나먼 남쪽 나라에서 겨울을 보낸 새들이 제각기 무리를 지어 아무르 강변에 찾아온 것은 네번째 달이 끝나갈 때쯤이었다. 시베리아는 이제 가을부터 겨우내 얼어붙었던 강이 풀리기 시작했고 기슭에는 떠내려오다 걸린 얼음덩이와 살얼음이 녹아내리는 중이었다. 그래도 풀과 꽃은 이른 봄의 바람과 진눈깨비를 견디고 싹을 틔워 파릇파릇 올라왔다. 기러기, 두루미, 황새, 오리 같은 물가의 새들이 먼저 습지에 자리를 잡았고, 개똥지빠귀들은 근처에 살던 스무마리 또는 서른마리쯤의 작은 무리가 먼 길을 날아와 늘 돌아오던 고향의 들녘 숲이나 들판 가운데 덤불 속에 둥지를 지었다.

흰 점박이 개똥지빠귀는 이번 여행에서 짝을 잃었고, 새끼들과는 이웃 둥지에 살며 가장 약한 한마리를 보살펴주었다. 약한 새끼는 가을에 남쪽으로 내려가며 중간의 쉼터에서 출발할 때마다 늘 뒤처졌고, 흰 점박이는 무리에서 멀어지지 않도록 새끼 곁을 날며 보살폈다. 남쪽 나라에서 겨울을 보내는 동안에는 산수유와 가시나무 숲에 둥지를 지어 온 무리가 굶주리지 않고 살아냈다. 흰 점박이의 짝은 지난봄에 남쪽에서 떠나 북으로 날아오다가 두번째 쉼터에서 사라졌다. 새들은 종종 뒤처져 외톨이가 되었다가 밤중에 부엉이, 올빼미 등에게 잡아먹히기도 했다. 흰 점박이는 낯익은 아무르 강변의 관목 숲에 도착하여 마지막 새끼와 헤어졌다. 자기가 앉은 가지에 다 자란 새끼가 여느 때처럼 나란히 앉으려 하자, 아비 새인 흰 점박이는 갑자기 생각났다는 듯이 위협적으로 날개로 치며 머리를 치켜들었다가 숙이면서 새끼의 대가리를 쪼아버렸다. 녀석은 놀라서 급히 날아올랐다가 다시 아래편 가지에 앉으려는 것을 흰 점박이가 두 날개를 펼치고 퍼덕이며 찌르르 높은 경고의 소리를 내지르자 멀리 달아나버렸다. 이제 각자 살아가야 한다는 것을 그놈도 알았을 것이다.

여섯번째 달이 되자 풀밭과 땅 밑은 물론이고 공중에도 벌레가 사방에 날아다녔다. 이제부터 여기는 들판이건 강물이건 바닷가건 어디나 낙원이 될 것이다. 개똥지빠귀들은 너른 평원의 덤불 속과 관목 숲에 흩어져 살았다. 먹이가 풍족한 때에는 모여서 살 필요가 없었다. 한해 중 바로 이맘때에 흰 점박이는 새로운 암컷을 찾아야 했다. 이 수컷 개똥지빠귀는 관목 숲 가운데 제법 높은 개살구나무 가지에 앉아서 '쯔빗 쯔빗 호로로록' 맑고 높은 소리로 노래하기 시작했다. 그것이 목을 쳐들고 노래할 때 연분홍의 별처럼 빈 나뭇가지에 피어난 개살구꽃이 파르르 떨리곤 했다. 흰 점박이의 노래는 매번 똑같은 소리가 아니었다. 그냥 '호로로 호로로로' 하기도 하고 짧게 끊어서 '쨱 쨱 쨱 쨱' 하기도 하며 길게 '휘이이이' 하는 휘파람 소리를 내기도 한다. 이른 아침이나 저녁에 노래하고 어떤 때에는 캄캄한 밤에 어둠 속에서 울기도 한다. '쨱쨱 찌릿' 하는 암컷 개똥지빠귀의 응답이 들리자 흰 점박이는 한껏 목청을 높여 아름답게 노래했다. 개살구나무 아래 풀밭 위에 암컷 개똥지빠귀가 내려앉았다. 흰 점박이는 아래로 날아가 암컷의 주위를 뽐내듯이 재빨리 달리다가 우뚝 서서, 꼬리는 아래로 낮추고 목은 위로 치켜올려 키를 한껏 늘리면서 자기가 얼마나 크고 힘찬 새인가를 보여주었다. 암컷은 흰 점박이가 가까이 다가오자 근처 나뭇가지 위로 날아올랐다가, 조금 더 먼 곳에 보이는 측백나무와 눈잣나무 몇그루가 모인 숲으로 날아갔다. 암컷의 배와 가슴은 갈색 점이 보다 짙은 갈색으로 덧칠되어 뭉개진 것처럼 보였고 날개는 수컷보다 좀더 밝은 적갈색이었다. 암컷이 나무 아래 땅에 내려앉자 흰 점박이도 뒤쫓아 아래로 내려왔다. 암컷은 고개를 숙이고 날개를 접고 얌전히 앉았고, 흰 점박이는 그 등 위에 올라앉아 짝짓기하고는 얼른 떨어졌다. 개똥지빠귀 암수 두마리는 제각기 다른 소리로 '쩩쩩 찌르르' 하며 요란하게 노래했다. 어디선가 이들의 기척을 알아챈 수컷 개똥지빠귀 한마리가 날아와 앉더니 재빠른 걸음으로 주위를 맴돌다 정지해서 그들을 관찰했다. 흰 점박이는 재빨리 그 녀석을 향하여 달려가 머리를 숙였다 치켰다 하며 달려들었다. 경쟁자 수컷은 이미 짝짓기가 끝났다는 걸 알아채고 포르릉 날아가버렸다. 암컷은 잘 익은 개암 열매처럼 밝은 적갈색 날개를 가졌으니, 개암이 날개라고 부를 만했다. 흰 점박이가 하나뿐인 개똥지빠귀가 된 것처럼 개암이 날개도 하나뿐인 암컷 개똥지빠귀가 되었다. 이제 그들은 이 너른 하늘과 땅에서 단둘이 살아나갈 한쌍의 새가 되었다.

개암이 날개는 다른 암컷 개똥지빠귀들이 모두 그러듯이 알을 낳아 키울 둥지를 짓기 시작했다. 개암이 날개가 나지막한 눈잣나무의 뾰족한 잎과 가지 사이에 마른 갈대와 나뭇가지를 물어다 둥근 그릇 모양의 둥지를 지었다. 새는 부리로 찍어 온 축축한 땅의 진흙을 성글게 벌어진 나뭇가지 둥지의 틈새에 꼼꼼하게 발랐다. 한 밤 두 밤이 지나 둥지에 바른 진흙이 마르고, 부드럽게 삭은 여린 낙엽

조각들로 푹신한 보금자리가 완성될 때까지 흰 점박이는 수고하는 짝인 개암이 날개에게 먹이를 물어다주었다. 둥지를 짓자마자 개암이 날개는 연한 하늘색에 검은 모래를 살짝 뿌린 듯한 네개의 알을 낳았다. 어미 새는 그날부터 알 품기에 들어갔고 흰 점박이가 벌레를 잡아다 개암이 날개에게 먹였다. 그믐에서 하얗게 밝은 만월이 가까워질 때까지 어미가 품었던 알은 차례로 깨어나 발갛게 투명한 알몸을 드러내고 가냘프게 울기 시작했다. 이제 아비 새와 어미 새는 번갈아 둥지와 들판을 오가며 부지런히 먹이를 잡아다 새끼들에게 먹였다. 아비 새 흰 점박이와 어미 새 개암이 날개는 부지런히 벌레를 잡아서 어린 새끼들에게 먹였고 둥지 속에 싸놓은 새끼들의 배설물을 물어다 버렸다.

　새끼들은 무럭무럭 자라나 둥지를 떠날 때가 되었다. 제일 먼저 알에서 깨어났던 새끼가 가까운 나뭇가지를 향하여 날아올랐다. 그것은 서툴게 날갯짓하여 간신히 나뭇가지에 앉더니 바로 건너편의 더 키 큰 나무로 옮겨 날아가 앉았다. 다른 세마리의 새끼들도 차례로 둥지를 떠나기 시작했다. 마지막에 날아오른 새끼가 다른 나뭇가지에 미처 오르지 못하고 낙엽처럼 땅바닥으로 떨어지자 아비 새 흰 점박이가 따라가서 종종걸음으로 주위를 맴돌며 부르짖었고, 새끼는 다시 날갯짓하여 나무 위로 간신히 날아올라가 앉았다. 그날부터 둥지를 떠난 새끼들은 멀리 가지 못하고 부근 나무에서 살며 스스로 벌레를 찾아다니기 시작했다.

어미 새 개암이 날개는 다시 새로운 둥지를 짓기 시작했고 이들 개똥지빠귀 한쌍은 처음에 시작했던 알을 낳고 품고 새끼를 기르는 일을 반복했으며, 이미 둥지를 떠난 새끼들도 각자의 삶을 위해 숲의 다른 쪽에서 살아가기 시작했다. 새끼들에게는 이런 시기가 제일 위험해서 네마리 중에 적어도 두마리는 어른 새가 되기도 전에 천적에게 잡아 먹혔다.

대륙 북쪽에 가을이 깊어지면서 차갑고 건조한 북풍이 불어오기 시작했다. 초원의 풀은 누렇게 변했고 나뭇가지의 마른 나뭇잎도 사방으로 흩어져 날아갔다. 시베리아의 가을은 너무도 짧아서 마른 풀과 낙엽 위에 서리가 하얗게 내리면서 어느 틈에 시내와 강변에는 살얼음이 얼기 시작했다. 북풍은 때로는 우박과 싸락눈을 몰고 달려와 아무르강의 들판과 숲을 뒤덮었다. 성큼 다가온 초겨울의 폭설은 동쪽의 오호츠크 바다를 막아선 울타리처럼 북에서 남으로 끝없이 이어진 시호테알린산맥의 서쪽 봉우리들을 노인의 머리처럼 하얗게 만들었다.

오리와 기러기 들이 작은 무리를 지어 날아가고 때로는 검은 구름처럼 큰 무리가 이동하기도 했다. 해 질 무렵이면 보다 먼 서북쪽에서 날아온 기러기들이 물가와 습지에 임시 보금자리를 찾아드는 울음소리가 하늘 위에서 또는 먼 갈대숲에서도 시끄럽지 않고 어쩐지 고즈넉하게 들려왔다. 이맘때쯤에 겨울을 나기 위하여 남쪽으로 떠나려는 새들은 산이나 숲이나 들판에서 크고 작은 무리를 이루어 공중을 맴돌면서 설레는 것처럼 보였다.

개똥지빠귀들은 강변에서 멀리 떨어진 낮은 관목 숲이나 산자락이 시작되는 키 큰 상록수들이 자라는 숲의 초입에 여러 무리가 살았다. 흰 점박이 개똥지빠귀는 이미 남쪽 나라에 가서 두 차례나 겨울나기를 겪어본 어른 새들 중의 하나였다. 그들 무리 중에서 첫째는 아니었지만 둘째는 될 정도로 어른인 셈이었다. 개똥지빠귀 흰 점박이와 개암이 날개 부부 한쌍은 둥지 안에서 서로 날개를 맞대고 심장이 뛰는 느낌을 함께하고 있었다. 흰 점박이는 며칠 전부터 이동을 시작한 다른 부류 철새들의 울음소리와 날갯짓 소리에 예민해졌다. 그는 부리를 쳐들고 머리 위로 스쳐 지나가는 바람에 묻어오는 고니, 황새, 두루미 같은 큰 새들이 서로 나직하게 주고받는 소리를 가만히 듣곤 했다.

아침 해가 뜨자마자 흰 점박이와 개암이 날개 부부는 숲 사이 빈터에 내려가 두껍게 쌓인 낙엽을 들추어 흙을 헤집고 벌써 겨울잠에 들어간 애벌레를 간신히 잡아서 입맛을 돋우었고, 노간주나무 열매 몇개로 고픈 배를 마저 채우고는 키 큰 측백나무가 모인 숲 가운데로 날아갔다. 흰 점박이는 개암이 날개를 측백나무에 앉혀두고 나무 위의 허공으로 날아올라 여러가지 소리를 냈다. 개똥지빠귀는 다른 새들의 소리는 물론 심지어 천적들의 소리까지 똑같이 흉내 낼 수 있었다. 먼 거리를 여행하는 철새들은 대개가 울음소리로 서로의 뜻을 주고받을 수 있었는데, 개똥지빠귀 같은 작은 새들은 서너마리만 모여도 제각기 다른 소리로 이야기하듯 재잘거렸다. 흰 점박이가 공중에 날아올라 지저귄 소리는 '얘들아 모두 모여라, 얘들아 먼 길을 떠나자' 하는 우짖음이었다. 어디선가 네댓마리의 개똥지빠귀들이 날아왔고 그중에 몸집이 통통하고 날갯짓이 힘찬 수컷 한마리가 날아올라 흰 점박이 옆에서 높은 소리로 울었다. '먼 길을 떠나자, 모두 모여라'라고 그 새는 우짖었고 흰 점박이는 그 새 주위에서 잠시 날다가 개암이 날개가 앉은 측백나무 가지에 내려앉아 기다렸다. 우두머리 개똥지빠귀가 허공에서 맴돌며 짖어대자 사방에서 두세마리 또는 대여섯마리의 개똥지빠귀들이 날아왔고, 그들은 측백나무 가지 위로 모여들었다. 나무 세그루에 새들이 가득 모여 앉게 되자 우두머리 개똥지빠귀는 흰 점박이를 찾아 같은 가지에 날아와 앉았다. 그는 아마도 흰 점박이의 아버지 또는 할아버지일 수도 있었다. 개똥지빠귀들이 측백나무에 모여 앉아 시끄럽게 각자의 목청대로 떠들더니, 일시에 조용해지면서 무엇인가 어느 순간을 기다리는 것 같았다.

갑자기 숲속이 적막에 잠겼다가 바람 소리만 들리더니 푸드덕, 하는 날갯짓 소리와 함께 흰 점박이가 힘차게 날아올랐다. 개암이 날개가 놓치지 않으려는 듯이 잽싸게 날아올라 바로 그 뒤를 따랐다. 개똥지빠귀들이 연이어 날아올랐고 흰 점박이는 일행이 모일 때까지 허공을 크게 맴돌았다. 맨 마지막에 우두머리 개똥지빠귀가 자기 일행 세 마리를 앞세우고 날아올라 대열에 끼었다. 이제 한 무리를 이룬 스물세마리의 개똥지빠귀들은 기러기나 오리 들처럼 멋진 대형을 이루지는 않았지만 구부러진 밧줄, 때로는 흩뿌린 곡식 모양처럼 자연스럽게 같은 속도로 날갯짓을 하면서 남쪽 하늘로 날아갔다. 흰 점박이는 두번이나 오고 갔던 그 하늘길을 잘 알고 있어서 선두가 되어 날아갔고 나이 먹은 우두머리 개똥지빠귀는 맨 뒤에서 어느 식구가 뒤처지지 않는지 주의하며 날아갔다. 산을 만나면 드높이 날아올라 날갯짓을 멈추고 상승하는 바람에 얹혀 날다가, 들판을 건널 때는 아래로 곤두박질치듯이 떨어져 지상과 수평을 이루고 연신 날개를 치며 더욱 빠르게 날아가기도 했다.

개똥지빠귀들은 해가 뜨면 쉼터에서 날아올라 해가 질 때까지 하루 종일 날아갔다. 출발할 때는 둥지에 같이 살던 흰 점박이와 개암이 날개 한쌍뿐이더니, 날아가다보면 그해 여름에 분가했던 새끼들이 자연스레 어미와 아비의 곁으로 날아와 합류하게 되었다. 새끼들은 겨울 거처에 도착하면 부모 새 부근에 제 둥지를 짓고 살다가 이듬해 봄에 고향으로 돌아갈 때쯤 흩어지거나 아니면 도착해서 각자 헤어지기도 했다. 이동하는 개똥지빠귀들은 이런 모양으로 얽힌 인연들의 작은 무리였다. 엇비슷한 시기에 비슷한 장소를 날아가는 개똥지빠귀 무리는 집단마다 출발지가 달랐던 것처럼 목적지도 달랐다.

개똥지빠귀들은 하루에 천리를 날아갔다. 그들은 사흘 만에 훨씬 따뜻하고 아직도 먹이가 풍족한 고장에 이르렀다. 닷새가 지나자 개똥지빠귀 무리는 아무르 강변에서 곧장 남으로 내려와 조선반도를 비스듬하게 횡단하여 서해안에 도착했다. 새들은 오른편에 바다를 끼고 반도의 남쪽으로 곧장 내려갔다.

흰 점박이 일행은 강물이 일정한 거리를 두고 세 줄기가 차례로 바다를 향하여 흘러 나가는 만에 이르렀다. 조선반도의 서해안에 강과 바다가 만나는 하구는 여러군데가 있었다. 기후가 따뜻하고 먹을 것이 풍부한 드넓은 갯벌이 있고 내륙으로는 끝없이 이어진 논과 밭의 경작지가 있는 데는 바닷새와 함께 들새, 산새 들이 한데 어우러져 살 수 있는 남쪽 고장이었다. 겨울 철새들은 하늘 위로 함께 날아가다가 서로 다른 먹이와 살 만한 장소에 따라 헤어지곤 했다. 첫번째로 만난 하구는 드넓었고 바닷물과 강물이 만나서 밀물 썰물 때마다 내륙 깊숙한 곳까지 드나들어 바닷새와 민물 새들이 상류와 하류에 섞여 살았다. 너른 강을 건너자마자 갯벌이 펼쳐지고 보다 좁다란 강줄기가 두 갈래로 갈라지는 곳까지 제법 긴 산줄기가 남북으로 이어졌다.

바닷가를 막아선 야산의 긴 숲이 작은 철새들이 찾아오는 첫번째 장소였다. 산의 서쪽은 갯벌과 바다였고 동쪽으로 너른 습지와 경작지가 펼쳐져 그들이 살던 아무르 강변의 들판과 비슷했다. 늦가을에서 초겨울을 지나 해가 가장 짧아지는 계절 동안 추위와 폭설이 계속되는 이듬해의 첫째 달과 둘째 달 그리고 북쪽 시베리아로 되돌아가기 전

한달 동안 개똥지빠귀 무리는 생존 조건에 따라 이 부근에서 이동하며 살아냈다. 거기서 남쪽으로는 다시 작은 강이 두 줄기로 흘러 바다와 만나 갯벌에 여러 갈래의 갯골을 이루어 바닷물과 합쳐졌다. 좀더 아래로 내려가면 세번째의 강이 흐르고 너른 들 끝에 높은 산봉우리 여럿이 둘러선 반도가 바다를 향하여 뻗어나가 있었다. 이곳은 드넓은 평야 가운데 치솟은 성 같았다.

흰 점박이와 개암이 날개의 개똥지빠귀 무리가 제일 처음으로 머물게 된 거처는 서쪽 바다를 막아선 긴 산줄기의 숲이었다. 숲에는 나무 열매가 많았고 긴 능선의 동쪽으로는 마른 풀과 낙엽과 흙 아래서 월동하는 벌레들이 많이 숨어 있는 너른 들판과 경작지가 끝없이 펼쳐져 있었다. 이 고장의 참새와 까치 들은 경작지 멀리 초가지붕들이 보이는 마을 근처에 살았고, 멧비둘기, 딱새, 동박새, 까마귀 등은 숲에 살면서 들판에 내려가 먹이를 찾았다. 곤줄박이, 어치, 직박구리, 꿩 같은 모든 텃새는 절기마다 어디에 먹을 것이 있는지 잘 알고 있어서 산 숲과 들판과 경작지를 부지런히 오르내렸다. 이제 방금 먼 고장에서 타향으로 날아온 개똥지빠귀 무리도 이맘때에 어디서 어떻게 먹이를 구해야 할지 본능적으로 알고 있었다. 그것은 무리 중에 몇마리씩 이곳을 다녀간 경험이 있어서이기도 했고,

처음 온 새들도 이미 몸속에 선대의 경험이 느낌으로 남아 있는 것 같았다.

  십일월에서 십이월 중순까지 한반도 중부 이남의 초겨울은 시베리아에서 날아온 새들에게는 고향의 봄보다 훨씬 살기 좋은 날씨였다. 그리고 두껍게 얼어붙은 북방의 땅에 비하면 한낮의 햇볕에 녹아 축축해진 이곳의 부드러운 흙 속에는 곳곳마다 벌레가 잠자고 있었다. 개똥지빠귀의 무리는 해변을 따라 길게 이어진 능선의 소나무와 호랑가시나무 찔레나무 덤불 사이에 천적들을 피하여 둥지를 마련했고 이전처럼 서로 가까운 지역에 흩어져 살았다. 한 마리 또는 암수 한쌍이 제각각 먹이를 찾아 나갔다가 날씨가 나쁘거나 어두워지면 돌아오곤 했다. 개똥지빠귀 같은 철새가 사람의 마을 부근에 갔다가 우연히 높은 가지에 홍시를 여럿 달고 섰는 감나무를 본 날은 횡재를 한 날이었다. 물론 까치나 멧비둘기 같은 큰 토박이 새들이 몇마리씩 영역을 지키고 있긴 했지만, 모든 가지의 맛있는 열매를 텃새들만 독점할 수는 없었다. 큰 새들이 쫓으면 부근으로 달아났다가 되돌아와 다른 가지에 날아가서 맛있는 홍시를 듬뿍 쪼아 먹곤 했다. 경작지에는 곳곳에 떨어진 지난가을의 곡식 낱알들이 지천으로 널려 있었다. 개똥지빠귀 무리는 서로 지저귀는 울음소리와 날갯짓의 기척으로 동료의 존재를 느끼면서 마음을 놓았다.

십이월 말에서 이듬해 일월이 될 때까지 이 지역도 제법 추워졌다. 그래봤자 북방에 비한다면 역시 봄이나 늦가을 정도의 날씨여서 겨울 철새들에게는 살 만한 기후였다. 겨울이 좀더 깊어져 눈이 두껍게 쌓여 녹지 않거나 들판과 개천이 얼어붙어 지렁이와 애벌레 들을 잡아먹을 수 없게 되면, 개똥지빠귀들은 세번째 강줄기가 흐르는 하구를 넘어가 성처럼 높은 산봉우리가 둘러싼 숲으로 이동했다. 출발하던 때에 비하면 각자 살길을 찾아 흩어진 다음이라 절반밖에 되지 않아서 십여마리에 불과했다.

산봉우리들이 겹겹이 둘러싼 숲의 안쪽으로 들어가면 곳곳마다 바람도 들이치지 않고 햇볕을 잘 받는 아늑한 개활지가 있었다. 산봉우리가 둘러서 있는 안쪽 숲으로 들어가면 높은 산에는 마치 북방의 삼림처럼 소나무, 전나무, 주목, 측백나무 같은 침엽수들이 빽빽했고, 산기슭으로 내려오면서 남방의 호랑가시나무, 후박나무, 꽝꽝나무, 보리수, 미선나무, 사철나무, 회양목, 물푸레나무, 동백, 단풍 그리고 멀지 않은 마을 근처에는 오래 살아온 느티나무, 은행나무, 팽나무 등이 있었다. 산새와 들새가 한겨울에 이곳으로 모여드는 것은 높은 산들이 바닷바람과 북풍을 막아주고 온갖 나무들에는 맛있는 마른 열매가 겨우내 달려 있기 때문이었다.

 흰 점박이와 다른 개똥지빠귀들은 이 넓고 깊은 숲에서 주목, 호랑가시나무, 팽나무로 옮겨 다니며 열매를 따 먹고 살았다. 골짜기를 돌아나가면 바로 바닷가 갯벌이었고 하구 건너편에 다시 긴 숲과 들판이 나왔다. 이월 말이 되자 남쪽에서 포근한 바람이 불어오기 시작했고 햇볕이 잘 드는 들판의 눈은 거의 다 녹았다. 바닷새들은 갯벌 위로 거대한 무리를 지어 옮겨 다니며 풍부한 먹이를 먹을 수 있었지만, 겨우내 열매를 따 먹으며 견디던 들새 멧새 들은 벌레를 잡으러 다시 강변과 들판으로 옮겨갔다.

 이월 말이 되면서 겨울 철새들은 봄이 가까이 다가오는 느낌을 알아채고 저희 부류끼리 한 장소를 정하여 근처로 모여들어 먹이 활동을 했다. 머지않아 북방의 고향으로 무리 지어 떠날 준비를 하는 것 같았다. 개똥지빠귀들도 처음에 이 고장에 도착했을 때 거처로 정했던 만의 첫번째 강줄기가 바다와 만나는 하구와 두번째 강 하구 사이에 있는 긴 능선의 숲으로 모여들었다. 남쪽에서 계속 포근한 바람이 불어왔고 들판에 덮였던 눈도 하루 종일 햇볕을 받아 빠르게 녹고 있었다. 응달진 곳과 골짜기의 시냇물에 남았던 눈과 얼음도 차츰 녹아서 불어난 물이 흐르는 소리가 더욱 요란해졌다.

삼월 초가 되어 마른 나뭇가지마다 움이 트고 산수유나무에 노란 꽃봉오리가 올라올 무렵, 갑자기 바람의 방향이 바뀌었다. 북방 하늘 높이 매서운 한기가 시베리아에서 밀고 내려오면서 북풍이 거세게 불어오고 검은 구름이 하늘을 뒤덮었다. 꽃이 피는 것에 샘을 낸다는 꽃샘추위가 찾아온 것이다. 개똥지빠귀들은 들판에 날아가서 재빨리 걷다가 멈추어 위를 보고 좌우를 살핀 뒤에 땅을 헤집고 또다시 걸어가는 동작으로 들판 여러곳을 부지런히 돌아다녔다. 특히 경작지의 흙은 축축하고 부드러워서 헤집으면 동면하고 있던 벌레가 곧잘 잡혀나왔다. 날씨가 추워진 그날 아침에 흰 점박이와 개암이 날개 부부는 다른 몇마리의 개똥지빠귀들과 더불어 들판으로 벌레를 잡으러 나갔다. 북풍이 불어오면서 날씨가 추워져서인지 벌레들은 땅속 깊숙이 숨어버렸다.

개똥지빠귀들은 강 건너편의 하구 모퉁이에 사원을 둘러싼 숲을 기억하고 있었다. 절집 주위에는 팽나무와 느티나무가 어우러진 숲이 있고 거기서 강을 따라 더욱 동쪽으로 들어가면 사람들이 모여 사는 포구 마을이었다. 그곳에 감나무가 많았고 지난가을 이곳에 도착했을 때 며칠 동안 맛있는 홍시를 먹었던 것을 새들은 기억하고 있었다. 흰 점박이가 먼저 강 건너편으로 날아가자 개암이 날개도 따라갔고, 다른 개똥지빠귀들 몇마리도 그들 뒤를 따라갔다. 새들은 팽나무 숲에 도착해서 저마다 마음에 드는 가지를 향하여 쪼르르 달려들었다. 팽나무 가지마다 마치 콩알만 한 사과처럼 보이는 팽 열매가 다닥다닥 매달려 있었다. 가을에 막 익었을 때는 노랑 바탕에 붉은색이 물들어 싱싱하고 물이 많았지만, 열매는 겨우내 찬바람에 말라서 색깔도 검붉게 변했고 과육은 덜 말린 곶감처럼 달고 부드러웠다. 팽나무 아래에는 낙엽이 두껍게 깔렸고 이제 새잎이 나면 나뭇가지로 올라 잎을 베어 먹으며 살아갈 알락나비, 노랑나비, 오색나비의 애벌레들이 겨울잠을 자고 있었다. 개똥지빠귀들은 열매를 따 먹다가 주변이 안전하다고 느끼면 서슴지 않고 나무 밑으로 내려가 낙엽 아래를 뒤지고 다녔다. 팽나무 숲은 개똥지빠귀에게 가장 요긴한 살림 터전이었다. 하루 종일 팽나무 숲에서 먹이를 찾다가 흰 점박이를 비롯한 개똥지빠귀 일행은 강 건너 야산 숲으로 돌아가기 위해 날아올랐다. 새들은 좀더 귀소를 서둘렀어야 했다. 북풍이 거세지고 눈보라가 몰아쳤기 때문이다.

강물의 폭은 그리 넓지 않았지만 양안의 갯벌이 제법 멀었다. 새들이 날아가는 방향이 북쪽이어서 몰아치는 북풍은 맞바람이었다. 높이 날면 부딪쳐오는 바람 때문에 앞으로 나아가지 못하고 바람에 불려 옆으로 밀리면서 강물에 떨어질 것처럼 낮아졌다. 앞뒤로 가까이 날던 개똥지빠귀 여섯마리는 가랑잎처럼 사방으로 흩어져버렸다. 흰 점박이와 개암이 날개는 갯벌을 지나 습지 위를 날아가고 있었다.

눈보라가 몰아치는 가운데 언덕의 나무 위에서 습지 쪽을 내다보고 앉았던 황조롱이 한마리가 있었다. 머리와 꼬리가 회색이고 날개가 밝은 갈색의 맹금류는 암컷 황조롱이였다. 그 황조롱이는 개똥지빠귀들이 힘겹게 맞바람을 헤치고 강을 건널 때부터 바람에 날리는 헝겊 조각 같은 작은 새들을 노리고 있었다. 황조롱이가 휙 날아올라 맞바람을 타고 공중 정지를 하여 아래편으로 접근해오는 두마리의 새를 내려다보았다. 허공에서 내리꽂으면서 파드닥하고 날개 치는 소리가 들리고 큰 새가 개암이 날개를 채어갔다. 황조롱이가 개암이 날개를 발아래 움켜쥐고 습지가 끝나는 비탈에 서 있는 소나무 가지 위에 앉았고, 흰 점박이는 용기를 내어 뒤를 쫓아가며 까마귀 소리를 흉내 내며 울부짖었다. 황조롱이는 그 소리에 놀라서 잡아 온 새에게 꽂으려던 날카로운 부리를 쳐들고 두리번거렸다. 흰 점박이가 연신 까마귀 울음으로 짖어대며 소나무 쪽으로 날아가 날개로 황조롱이를 후려치는 시늉을 하고는 나무 위쪽 가지로 날아갔다. 황조롱이가 공격자를 잡으려고 발에 움키고 있던 개암이 날개를 놓고 나무 위쪽으로 뛰어올랐다. 혼이 나갔던 개암이 날개는 그런 틈을 놓치지 않고 황조롱이의 발톱을 벗어나 온몸의 힘을 다하여 날개를 파닥이며 더욱 깊은 숲으로 날아갔다. 흰 점박이는 천적을 피하는 방법을 알고 있어서 얼른 침엽수의 뾰족한 잎이 무성한 가지의 중심부로 들어가 처박혔다. 그리고 이번에는 상대가 두려워하는 수리부엉이 소리를 냈다. 황조롱이는 그 새가 보잘것없는 지빠귀 종류의 참새나 다름없는 먹이라는 걸 알고 있음에도, 상위 포식자인 수리부엉이 소리를 내는 상대에게 놀라서 대뜸 공격하지는 않고 머리를 갸웃거리며 자세히 살피려고 했다. 흰 점박이는 오래전에 아무르 강변에서 말똥가리의 발톱에 찍히고도 살아난 경험이 있었고, 북방 대륙에서 한반도의 서해안까지 수천리를 날아다닌 지혜롭고 용감한 개똥지빠귀였다. 자세히 살펴보려고 솔가지 사이로 동그란 눈을 굴리며 들이미는 황조롱이의 머리를 그 작은 새가 사정없이 쪼아버렸다. 개똥지빠귀의 부리는 땅을 파헤쳐 벌레를 잡아내고 나무의 굳은 열매를 까먹을 만큼 날카롭고 뾰족했다. 황조롱이는 정통으로 머리를 찍히자 아픔과 놀라움에 '께께꺽!' 큰소리를 지르며 뒤로 물러났다. 그 틈을 놓치지 않고 흰 점박이는 소나무 아래로 떨어져 바로 습지 가장자리에 자라난 무성한 갈대 속으로 달아났다. 황조롱이는 개똥지빠귀가 갈대밭으로 들어가려는 찰나에 아슬아슬하게 날아가 먹잇감을 발로 후려치고는 날아올랐다. 간신히 포식자의 발톱에서 벗어난 흰 점박이는 빽빽한 갈대밭의 한가운데로 깊숙이 헤치고 들어가 숨었다. 눈보라는 더욱 거세게 내렸고 날은 이미 어두워지기 시작했다. 황조롱이는 사냥에 실패했다.

  주위가 완전히 어두워졌고 눈은 계속 내리고 있었다. 황조롱이는 진작 사라졌고 하늘에는 어떤 새도 날아다니지 않았다. 흰 점박이는 갈대숲 사이에서 기어 나와 날아오르려고 했다. 그러나 어찌 된 일인지 높이 오르지도 못하고 퍼덕이다가 얼마 못 가서 다시 땅에 내려와 처박히곤 했다. 흰 점박이는 갈대 속에 숨어들기 직전에 황조롱이에게 얻어맞아 한쪽 날개가 상했다. 작은 새는 여기서는 유일하게 안전한 둥지인 그 능선의 숲으로 돌아가려고 애를 썼다. 여럿이서 이곳 남쪽 나라까지 날아오고 함께 먹이를 찾으며 살아왔던 개똥지빠귀 무리의 기척이 느껴지는 그곳에 돌아가려고 했다. 날다가 주저앉고 날다가 다시 떨어지며 어둠 속에서 간신히 물을 건너 풀과 나무가 듬성듬성 자라난 낯선 빈터에 들어섰다. 이 개똥지빠귀는 이제 두 날개를 움직일 수 없을 정도로 힘이 빠져버렸다. 상한 날개를 비죽이 옆으로 펼치고 머리를 한쪽으로 돌리고 부리는 반쯤 벌린 채 흰 점박이는 가만히 엎드려 있었다. 그 위에 눈보라가 내려와 덮이기 시작했고 곧 아무것도 보이지 않게 되었다. 북풍이 며칠 동안 연이어 불어오고 샛강이 얼어붙을 정도로 추운 날이 계속되었다. 폭설이 끊임없이 몰아쳐서 숲과 들판과 얼어붙은 강 위에 하얗게 덮였다.

흰 점박이는 폭설이 내리던 그날 밤에, 두번째 강줄기의 하구 부근 곰솔이 무성한 숲에 이르지 못하고 잡풀이 듬성듬성 자라난 빈터에 떨어졌다. 기진맥진한 작은 새의 몸 위에 눈보라가 들씌워졌고 체온이 떨어진 개똥지빠귀는 숨이 끊어졌다. 죽은 새는 눈 밑에서 며칠 동안 얼어 있다가 봄을 이기지 못한 꽃샘추위가 물러가고 훈풍이 다시 불어오면서 썩어갔다. 들꽃이 피고 여름새들이 찾아와 사방에서 지저귀고 매미가 울어댈 무렵에는 비도 여러 차례 내렸고 땅 위에는 새의 어떤 흔적도 남아 있지 않았다.

개똥지빠귀의 뱃속에 팽나무 열매 몇개가 있었다. 열매의 거죽은 새의 시신과 함께 곧 사라졌지만, 딱딱한 굳은 씨앗은 부드러운 모래흙 속으로 들어가 스며드는 물기와 더불어 차츰 땅속으로 묻혔다. 서쪽 언덕 너머로 갯벌과 바다가 있었고 빈터의 동쪽으로는 만의 두번째 강줄기의 샛강이 흘러가고 있었다. 밀물이 들어오면 바닷물이 강물을 밀고 역류했다가 썰물 때가 오면 샛강은 실개천이 되어 구불구불 뻗어나간 갯골과 합류했다. 아침마다 물안개가 퍼졌고 햇빛 밝은 낮에는 습기를 머금은 바닷바람이 불어왔다. 굳고 딱딱한 씨앗은 한해를 보내고 겨울을 맞으면서 움이 틀 준비를 하고 있었다. 그것은 지난해 이른 봄, 땅에 떨어지던 때와 같은 무렵이 되어서야 굳은 겉껍질이 오랫동안의 습기에 불고 금이 가면서 싹이 트고 실 같은 뿌리가 생겼다. 싹은 부드러운 모래흙을 밀고 지상으로 푸른 움을 드러냈고 뿌리는 땅 밑 사방으로 살금살금 퍼져갔다. 개똥지빠귀의 분해된 몸이 녹아들어 기름진 땅속으로 뿌리가 굳건하게 자리를 잡아나갔고, 어린 팽나무 싹은 여름이 되자 묘목이 되어 몇개의 가냘픈 가지와 잎사귀가 돋아나와 바람에 팔랑대고 있었다. 바람과 햇빛과 물안개와 가랑비와 폭풍까지 견디며 버티어낸 어린 팽나무는 다시 겨울이 오자 추위에 죽어버린 듯, 삭풍 속에 꽂혀 있는 메마른 작대기처럼 보였다. 그러므로 이 팽나무는 스스로 죽음 같은 겨울의 정지와 봄마다 찾아오는 새 생명의 활기를 깨닫게 되었다.

2

 지상은 아직 어둠에 둘러싸여 있었다. 서해안을 가로막은 언덕 때문에 바다는 보이지 않았지만, 새카맣던 동쪽 하늘이 진회색에서 좀더 밝은 회색으로 변하는 중이었다. 회색으로 위아래의 구분이 없어 보이던 동쪽 들판 멀리 낮은 산 위로 붉은 선이 나타나고 그 붉은 빛은 차츰 위쪽으로 번져갔다. 빈터 아래 큰 강 하구의 본류에서 갈라진 샛강에는 물안개가 연기처럼 퍼져 있었고 바람에 흩어지기 시작한 안개 사이로 드문드문 수면이 드러나기 시작했다. 이제 떠오르기 시작한 아침 해의 노을이 수면 위에 빛 조각들을 뿌려놓은 듯 반사되고 있었다. 해가 둥근 테두리를 산 위로 내밀더니 그것은 이내 들판 위로 솟아올라 둥근 알몸을 빨갛게 드러냈다. 떠오른 아침 해의 빨간색은 차츰 차츰 보다 덜 붉은 주황빛으로 변하면서 주변 하늘을 물들였고, 동쪽 들판 위의 구름 뭉치들은 여러 겹의 진하고 연하고 붉고 덜 붉은 색이 되었다. 빈터 위의 하늘은 짙은 검정에서 밝은 회색으로 변하고 있었다. 해가 떠오르면서 노을은 차츰 더 넓게 번져갔다. 빈터와 샛강과 긴 언덕의 숲은 따뜻하고 밝은 감귤빛으로 온통 물들었다.

해가 좀더 높이 떠오르자 바람의 방향이 바뀌면서 해풍이 부드럽게 서편 언덕의 숲을 쓰다듬으며 빈터 위로 불어왔다. 어린 팽나무는 바람을 맞아 양편으로 벌린 가녀린 가지를 잔잔히 떨고 서 있었다. 나뭇가지 끝에 움이 터서 연두색의 잎 끝자락이 뭉쳐진 것 같은 모습으로 바깥에 나올 준비를 하고 있었고, 가지 아래쪽으로도 움이 트기 시작하여 곁눈이 빼꼼히 트이고 있었다. 끝눈은 위로 자라나 나무의 원줄기를 이룰 것이며 곁눈들은 옆으로 가지를 뻗어 잎을 길러 햇빛을 더욱 많이 받아 성장을 도울 것이다. 땅속으로 뻗어나간 원뿌리와 잔뿌리들은 나무만큼 사방으로 자라서 비바람에도 쓰러지지 않도록 굳건하게 자기 몸을 세워줄 것이고, 땅속의 물기를 빨아들여 줄기와 가지와 잎의 곳곳으로 보내어 태양의 도움으로 영양을 만들어 낼 것이다. 나무는 아침 햇빛과 바람의 변화와 가지와 잎과 뿌리에 닿는 습기의 규칙적인 변화를 더욱 잘 알게 될 것이다. 나무는 움직이지 않고 한자리에 있으므로 밤낮에 따라 계절마다 달라지는 햇빛, 바람, 비와 눈 그리고 주변과 땅 위와 땅속의 모든 변화를 감지하고 대응하게 될 것이다.

이 어린 팽나무는 아직은 땅바닥의 것들과 가까이 있어서 한두해 피어났다가 사라지는 잡초나 들꽃과 다르지 않았다. 팽나무의 싹이 처음 나왔을 때 부근에 함께 싹을 틔운 들풀들이 많이 있었다. 노랑 꽃이 피는 사데풀, 흰 꽃받침에 노란 꽃이 피는 갯질경이, 연보라 꽃잎 가운데 꽃술이 노란 갯개미취, 노란 별 모양의 꽃이 바위나 돌 틈에 한 움큼씩 무리 지어 피는 기린초, 바위채송화 등이 빈터의 곳곳에 자라났고 취명아주, 띠풀, 해홍나물, 퉁퉁마디 등은 바닷가 쪽에 자랐고 샛강 변에는 천일사초, 억새, 갈대가 우거졌다. 그렇게 제법 키가 큰 풀들 외에도 땅바닥에 달라붙은 듯한 쑥이나 냉이, 민들레, 번행초가 작은 것들끼리 모여서 자랐다. 어떤 것은 부근에 피어났다가 겨울 동안에 말라 죽어버렸지만, 봄이 오면 날아간 씨앗으로 새싹이 나서 장소를 옮겨 다시 피어나곤 했다. 어느 꽃나무는 한해 동안, 또 어떤 풀은 두해를 나는 게 고작이었다. 풀꽃들은 씨를 퍼뜨린 원래의 것이 죽어도 그 자리에서 씨앗이 다시 싹을 틔워 이전과 같은 모습으로 되살아나곤 했다.

　오전에 썰물이 시작되어 아득하게 먼 수평선까지 바닷물이 밀려 나가고 너른 갯벌이 드러났다. 갯벌에는 모래와 뻘흙이 합쳐진 곳과 펄이 두껍게 깔린 곳과 갯골의 부근에 생겨난 물웅덩이 등이 있었다. 미세한 조류를 머금었다가 모래알을 뱉어낸 엽낭게의 구멍이 곳곳에 드러나고 있었다. 칠게가 먼저 다리를 구멍 밖으로 내민 다음 조금씩 몸을 내밀었다. 칠게는 구멍 밖으로 몸을 반쯤 내밀고 곤충의 더듬이처럼 위로 삐죽이 솟은 두 눈으로 주위를 살폈다. 게들은 크거나 작거나 생김새가 다른 종류도 많았다. 엽낭게, 칠게 외에도 한쪽 집게발만 커다랗게 위협적인 농게도 있고, 몸에 털이 많은 길게도 있고, 어린 시절에만 갯가에 살다가 크면 먼바다로 나가는 꽃게도 있고, 밤처럼 생긴 등껍질에 동작이 느리고 건드리면 죽은 척하는 밤게도 있고, 바다에서 나고 자라 해안의 바위틈에 머물며 사람이 사는 마을까지 가서 먹을 것을 훔치는 도둑게도 있고, 고둥의 껍데기를 집으로 삼아 숨어 살며 집을 짊어지고 다니는 집게도 있었다. 이들은 일제히 구멍에서 기어 나와 주변을 돌아다니다가, 조금의 기척이라도 느껴지면 일제히 숨었다가 다시 기어 나오곤 했다. 고둥이나 우렁이, 갯지렁이도 뻘흙을 헤치고 가느다란 길을 내며 이동했고, 조개 중의 보배라는 백합, 갯벌 어디서나 나오는 바지락, 가무락조개, 동죽, 그리고 건드리면 물총을 찍 쏘아대는 맛조개 등속이 썰물 나간 모래와 뻘흙에서 나와 이렇게 우리는 살아 있다고 사방에서 움직였다. 이들을 잡아먹으려는 검은머리물떼새, 큰뒷부리도요, 알락꼬리마도요, 붉은어깨도요, 장다리물떼새, 저어새, 괭이갈매기, 가마우지, 바다쇠오리 등의 여름 철새와 겨울 철새는 물론이고 해변 습지에 사는 텃새들과 맹금류까지 합치면 이 일대의 세 강줄기와 하구와 갯벌의 하늘과 땅에는 수천 수백만의 생명들이 살아가는 셈이었다. 들판의 곡물을 실어 나르는 세곡선이나 먼바다로 고기잡이를 나가는 어선들이 강과 바다를 지나갔다. 해변의 들판 안쪽과 강변에 너른 논밭과 사람의 마을이 있었다. 이들 하구의 어느 곳엔가 배들이 정박하는 포구가 있을 것이다.

  바람의 방향이 바뀌고 바닷물이 들어오고 해가 저물었다. 서쪽 하늘과 바다에 아름다운 노을이 불타듯이 번지면서 둥글고 탐스럽게 익은 홍시 같은 해가 천천히 수평선 너머로 떨어졌다. 해가 지고 땅거미가 어둑어둑 내릴 무렵에 하늘에는 달과 별들이 반짝이며 모습을 드러냈다. 나무들은 햇빛을 받아 영양을 만들고 자라나는 활동을 그치고 다른 움직이는 생명들과 함께 밤의 휴식에 들어갔다. 밤이 되면 나무들은 산에서 내려와 들판을 지나 바다로 불어가는 바람에 잎을 살랑이면서 나직하게 노래하는 것 같았다. 이렇듯 나무에게 하루는 한해이고 그것은 열번의 해, 백번의 해와도 같을 것이었다. 새로 시작하는 봄의 성장과 여름의 번성에서 열매를 맺고 잎이 떨어지는 가을을 지나 한해의 끝인 겨울이 사계절 중에 특별한 것은, 오래 사는 나무에게도 죽음 같은 정지 기간이기 때문이었다.

큰 나무들은 자연스럽게 적당한 거리를 두고 각자의 자리를 지키고 살았다. 나무들은 먼 저쪽이나 바로 뒤에 앞에 누가 어떤 나무가 있는지 느끼고 있었고, 땅속에서 뿌리들의 접촉으로 또는 이파리와 꽃과 열매의 냄새와 성질과 뿜어내는 습도와 물질과, 모여드는 벌레와 새 들 때문에 빈터 부근의 숲 전체를 서로 알게 되었다. 나무는 나이테 속에 자신이 살아온 시간의 흔적을 남겼다. 그 겹겹의 섬유질 속에 계절의 재활과 성장과 갈무리와 휴지의 반복이 새겨졌다. 이를테면 지상에서 계속되는 이 반복은 길건 짧건 시작이나 끝이 아니라 오래오래, 또다시 오랫동안 되풀이되는 변화에 지나지 않았다.

어느 화창한 여름, 햇볕은 하루 종일 뜨거웠고 나뭇잎과 풀은 축 늘어져 있었다. 해가 지고 밤이 되자 개구리와 맹꽁이 울음소리가 들리고 밤새 소리도 들렸고 풀벌레들은 서로를 찾아 뛰어다니며 가냘프고 맑은 소리로 울었다. 바다 위에 반달이 떠 있었고 별들은 온 하늘을 가득 채울 만큼 어둠 속에 하얗게 박혀서 반짝였다. 가끔씩 별똥이 하얀 선을 그리며 비스듬하게 떨어져갔다. 어떤 계절에는 별똥들이 한참이나 비 오듯이 떨어지기도 했다. 그중 하나가 우연히 열살을 살아낸 팽나무가 섰는 빈터에 떨어졌다. 아니, 하나가 아닐지도 모른다. 어쨌든 운석이 바닷가의 흔한 화강암이나 현무암 등속의 자갈, 조약돌, 모래 사이에 떨어져 오랜 세월 물에 씻기고 닳아서 어슷비슷한 돌멩이가 되어 숨어 있을지 아무도 모를 일이다. 하여튼 별똥이 떨어졌고 그것은 작은 돌멩이 조각이었고 아직 뜨거웠다. 이 작은 운석은 원래 언덕 너머 갯벌이 시작되는 바닷가에 있는 현무암 갯바위보다 더 큰 별이었다. 유성이란 아득한 하늘 속을 흘러 다니는 돌의 무리였다. 별들도 흐르는 강물처럼 길이 있어서 늘 다니던 곳으로 돌아오곤 했다. 사방은 언제나 어두웠고 어쩌다 빛나는 거대한 별 근처를 지나갈 때는 그 빛을 받아 밝아지기도 했다. 가다가 다른 유성의 무리를 만나면 부딪치기도 하고 흐트러진 대열이 저희끼리 튕겨 나가기도 하면서 사방으로 흩어졌다. 무엇인가 엄청난 힘에 이끌려 떨어져 내리면서 온몸이 불덩어리가 되었다.

열살 먹은 팽나무가 서 있는 숲속 빈터에 운석이 떨어진 것은 어느 여름 녹음이 무성할 때였으니 그 돌 조각은 지상의 나이로는 한살도 되지 않았다. 그렇지만 캄캄한 하늘을 흘러 다니던 이런 작은 운석이 지구라는 거대한 땅덩이와 같이 사십오억살이나 나이를 먹었다는 것도 사실이다. 운석이 하루살이라는 벌레를 처음 만났을 때는 늦여름에서 초가을로 넘어가던 무렵이었다. 날씨가 화창한 어느 날 오후에 무엇인가 날아와 이 작은 운석 위에 앉았다. 그 가냘픈 작은 벌레는 날개를 떨면서 돌의 주위로 날아올랐다가 다시 내려앉더니 기지개를 펴듯이 다리들을 주욱 폈다.

하루살이는 물속에서 세해를 애벌레로 지냈다. 그러고는 방금 밖으로 나와 껍질을 벗고 날아다니기 시작했다. 그것은 번식하기 위하여 지금부터 몇시간을 살아내야 한다. 그 벌레에게 물속은 한때도 편할 날이 없었을 것이다. 알이었을 때부터 그랬고 애벌레가 되어서도 늘 쫓겨 다니기만 했다. 물고기, 올챙이, 개구리, 잠자리 애벌레, 방개, 소금쟁이 모두가 잡아먹으려고 달려들었다. 물 밖에 나와서도 형편은 같았다. 잠자리, 거미, 작은 새, 모두 하루살이를 먹으려고 덤볐다. 그런데 정작 하루살이는 입이 없어서 무엇이든 먹을 수가 없었다. 하루살이는 삼년을 물속에서 살다가 껍질을 벗고 물 밖으로 나와 짝을 찾아 교미하고 알을 낳고는 곧 사라진다. 수컷은 짝짓기 직후에 죽어버리고 암컷은 물속에 알을 낳고는 죽는다. 지상의 시간으로 빠르게는 두시간에서 길게는 하루 반쯤 살 수 있었다.

 황혼 무렵까지 하루살이는 운석의 등에 앉아서 몸과 날개를 말리며 쉬고 있었다. 물에서 나와 껍질을 벗은 하루살이들이 차츰 많아졌다. 그것들은 공중에서 떼로 모여서 날기 시작했다. 하루살이떼의 뭉치는 점점 더 커졌다. 이곳저곳에 떠 있던 작은 집단들은 차츰 하나의 보다 큰 무리로 합쳐지기 시작했다. 공중에 높이 떠서 맴돌던 고추잠자리떼가 하루살이 무리를 향하여 날아들었다. 고추잠자리가 하루살이의 무리 한복판으로 달려들면 하루살이떼는 흩어졌다가 다시 모이곤 했다. 맨 처음 운석을 찾아왔던 하루살이는 힘껏 날갯짓하며 무리에 섞여서 허공을 빙빙 맴돌았다. 잠자리가 바로 곁의 하루살이들을 몇마리씩 잡아갔지만 날벌레들은 흩어졌다가는 다시 모이면서 서로의 짝을 찾았다. 운석 위에 앉았던 하루살이가 어느 수컷과 스치면서 다리가 엇갈렸다. 아래로 떨어져 내리던 두 하루살이는 함께 날개를 저어서 다시 허공으로 올라갔다. 수컷 하루살이는 암컷의 몸통을 앞발로 잡은 채로 날개를 떨어서 비행을 도와주었다. 두 날벌레는 팽나무 가지에 내려앉았고 서로를 그러안았다. 팔다리와 더듬이로 서로의 얼굴과 몸통과 날개를 만졌다. 벌써 해가 저물고 있었다. 수컷은 날개를 펴고 날아오르다 핑그르르 돌더니 바람에 불려 날아갔다. 그것은 풀밭 위에 떨어져 다시는 움직이지 않았다. 먹이를 찾아 부지런히 돌아다니던 개미가 죽은 벌레를 발견하고 냉큼 물어서 자기 집으로 가져갔다.

  암컷 하루살이는 이미 밤이 되고 추워지자 다시 운석으로 돌아왔고, 물속에 살 때 언제나 돌멩이 아래 숨었듯이 별 돌의 몸통 밑 자그만 틈새로 기어들었다. 날이 밝고 햇볕이 따스해질 무렵 하루살이는 날아가다 쉬고 또 날아가고 하면서 간신히 샛강 물웅덩이까지 갔다. 하루살이는 수면에 꼬리를 담그고 하얀 알을 잔뜩 낳고는 기진해서 쓰러졌다. 지나가던 소금쟁이가 빈 껍질 같은 벌레의 죽은 몸을 물고 미끄러지듯 달아났다.

  나무는 뿌리에서 물기를 빨아들여 지상의 몸통 위로 끌어올린다. 물은 굳은 껍질 속의 수관을 타고 올라가 가지와 잎의 끝까지 속속들이 적신다. 나무는 하루에 몇시간씩 안개보다 더 가는 습기를 공중에 내뿜는다. 햇빛을 받아 생명 활동으로 만든 영양은 나무 전체에 퍼지고 일부는 뿌리에 저장된다. 숲에 사는 나무들의 뿌리가 땅속에서 서로 만나면 비켜 가거나 돌고 휘어져서 자기와 남의 영역을 구분한다. 오랫동안 같은 자리에서 살다보면 나무들은 서로가 누구인지 느끼고 분비 물질과 냄새를 통하여 의사를 전한다. 계절과 날씨의 변화에도 알아서 대비한다.

  나비가 작년에 겨울이 오기 전 까놓았던 알은 봄이 오면 깨어나 애벌레가 되어 나무를 타고 오른다. 벌레는 갑자기 수가 늘어나지는 않아서 어느 귀퉁이 가지 끝의 잎사귀들을 갉아먹기는 하여도 나무들은 너그럽게 받아주고 같이 살게 해준다. 애벌레가 자라서 허물을 벗고 화려한 무늬와 색을 가진 나비가 되어 날아오르면, 나무는 그것들이 낮은 땅 위에 자라난 한해살이 들꽃의 꽃가루와 꿀을 찾아 떠나는 것을 알고 있다.

  여름 철새가 와서 둥지를 짓기도 하고 껍질 속에 숨은 벌레를 찾으려고 나무를 쪼아대는 새들도 있다. 키 큰 나무에는 백로, 왜가리, 가마우지 같은 습지 새들이 둥지를 짓고 알을 낳아 새끼를 기르다 때가 되면 다른 곳으로 떠나곤 했다. 여름 철새와 겨울 철새가 번갈아 먹이를 찾아 날아왔다. 때로는 고라니와 너구리가 지나가고 삵이나 담비도 돌아다니고 샛강 상류에는 수달이 살았다. 이들의 출현과 활동과 이동을 숲의 나무들은 모두 알고 있었다.

팽나무는 꽃을 피우고 풋열매를 맺고 잎이 무성한 여름부터 겨울을 준비했다. 나무는 모든 것이 멈추어버린 몇달 동안 죽은 듯 잠을 자면서도 이 겨울눈으로 하여 되살아났다. 봄이 오면서 세모 또는 길쭉하고 아니면 동그란 각종의 눈들이 겉으로 흘러나와 말라붙은 끈적한 진물과 몇 겹의 보자기로 감싼 듯 딱딱하게 굳은 껍질의 틈을 헤치고 아주 조금씩 싹을 밀어냈다. 겨울눈을 따서 헤쳐보면 수십장의 미세한 잎들이 돌돌 말려서 겹쳐 있었다. 해마다 찾아오는 겨울은 모든 활동을 멈춘 나무 자신의 몸속에 봄의 부활을 간직하게 하는 일시적인 기다림의 기간이었다.

꽃 피고 열매가 익고 잔뜩 번성했던 여름의 끝에 태풍이 찾아왔다. 해마다 그맘때가 되면 거세고 습기 찬 바람이 서남쪽에서 검은 구름을 몰고 와서 폭우를 뿌렸다. 바다와 갯벌과 들판은 온통 회색으로 가득 차고, 바람은 나무를 꺾기도 하고 뿌리째 뽑아버리기도 했다. 풀과 키 작은 관목들은 바람이 불어오는 방향대로 줄기와 가지를 숙이고 미친 듯이 잎사귀를 팔락였다. 어두운 하늘을 하얗게 가르며 번개가 줄지어 번쩍이고 뒤이은 천둥소리가 하늘을 찢는 것 같았다. 내륙에서 불어난 강물은 하구를 가득 채워 어디서부터 바다인지 구분할 수 없게 되었다. 폭우로 끊임없이 흘러드는 여러 지류의 가느다랗던 물줄기들은 사나운 흙탕물의 급류로 변했고, 샛강은 원래의 개천이 아니라 큰물이 되어 기슭을 덮치고 범람했다. 바다의 밀물 때가 되자 강이 역류하여 섬의 숲 가운데 빈터는 절반 이상이 물에 잠겼다. 태풍이 지나가고 비가 그치면 하구에는 상류에서 떠내려온 잡동사니들이 쌓여 있곤 했다. 시간이 걸리기는 했지만, 그런 것들도 들어오고 나가는 바닷물에 쓸려서 천천히 사라졌다. 갯벌의 게나 조개, 고둥이나 물고기 들은 갑자기 싱싱하고 새로운 먹을 것이 풍부해진 하구로 몰려들었다. 폭풍은 여름의 지나치게 번성했던 것들을 싹 쓸어다 청소해서 바다 멀리 보냈고, 하구와 숲의 풍경은 파랗게 갠 하늘처럼 어쩐지 깨끗하고 쓸쓸해 보였다.

몇 차례의 태풍이 휩쓸고 지나가면 어느새 가을이 성큼 다가왔다. 서리가 내리면서 나무는 가지와 잎으로 보내던 물을 회수하고 뿌리에서 위로 오르는 수관을 닫았다. 수분이 끊긴 잎은 푸른색에서 노랑이나 갈색이나 빨간색으로 변하면서 바싹 말라서 가지에 흔적만 남기고 지상으로 떨어져 뿌리를 덮었다. 강변을 향해 뻗어나간 팽나무의 뿌리가 닿은 지점에 갯개미취 한 무더기가 자라났다. 그것은 처음에는 잎과 줄기가 어지럽게 헝클어진 못생긴 풀이었다. 여름에 초록색으로 열렸던 팽나무의 열매가 가을이 되어 붉고 노랗게 익어갈 무렵에 그 못생긴 풀 더미에서 꽃들이 무리 지어 피어났다. 갯개미취꽃은 늦가을에 피어난 들국화와 같아서 보라색 꽃잎에 노란 꽃술의 예쁜 꽃이었다. 풀이 엉켜 있던 자리는 갑자기 꽃다발의 축제가 일어난 것 같았다. 팽나무는 시원한 가을바람에 몸을 흔들며 저 아래 피어난 꽃을 내려다보았다.

안녕, 거기에 누가 있는지 몰랐구나.

나는 지난해 저 건너편에서 바람을 타고 날아왔어.

응, 여기서 오래 함께 살자.

그렇지만 우리는 한해살이 풀꽃이야. 곧 떠나야 해.

차츰 밤 기온이 내려가며 추위가 시작되었고 팽나무에서 떨어진 낙엽은 풀의 주변을 덮어주고 있었다. 팽나무는 서리 내린 늦가을에 이미 꽃은 시들어버리고 줄기까지 말라가던 갯개미취가 스러지는 것을 내려다보았다.

잘 있어. 그동안 고마웠어.

갯개미취가 맥없이 허리를 꺾자 팽나무는 대답을 전했다.

괜찮아, 너는 그 자리에 씨를 뿌렸을 테니 봄이 오면 다시 만날 수 있을 거야.

그건 내가 아니겠지만 나처럼 대해줘.

낙엽 위에 첫눈이 내려와 쌓였다. 이미 여름 철새들은 잎새가 다른 색으로 변할 무렵부터 다른 고장으로 떠나고 어느새 낙엽이 지고 서리가 내릴 즈음에 겨울 철새가 날아오기 시작했다. 섬의 숲에는 바닷새와 멧새가 날아들기 시작했고 들판 너머에서도 까마귀, 까치, 산비둘기 같은 텃새들도 먹이를 찾아 영역 바깥을 돌아보려고 날아왔다. 겨울 철새인 개똥지빠귀 무리가 숲의 빈터에 다시 날아왔을 때, 숲의 나무들에는 전갈이 왔다.

새들이 왔다.

작은 새들이다.

열매 먹는 새다.

팽나무는 해마다 개똥지빠귀의 작은 무리가 숲에 찾아온다는 걸 알고 있었다. 그것들이 자기와 굳게 연결되어 있다는 것과 한식구라는 것도 저절로 알았다. 서리가 내린 뒤 날씨가 좀더 추워지면 벌레들도 땅속 깊이 숨어버리고 먹을 것은 나무 열매만 남게 되었다. 겨울마다 찾아오는 개똥지빠귀는 샛강 건너편이나 빈터에서 가까운 강변 관목 숲속에 둥지를 짓고 살았으며, 그 새들은 하루에도 몇번씩 팽나무로 날아와서 가을볕에 잘 마른 팽 열매를 따먹었다. 나무는 씨앗이었을 적에 개똥지빠귀의 뱃속에 있다가 땅속에 함께 묻혀, 그것의 몸속에서 싹이 트고 움이 솟아올라 풀 같은 묘목으로 시작한 기억이 그해에 자라난 만큼 나무껍질의 한 층으로 나무의 제일 안쪽에 남아 있었다. 그러므로 기억들은 각각 다른 층을 형성했다. 팽나무의 시간은 흐르는 게 아니라 쌓여가는 겹겹의 층이었다. 그 매번의 겨울 층마다 개똥지빠귀의 기억이 들어 있었다.

눈이 내리고 온 산과 들판과 숲이 눈에 덮이자 작은 새들은 둥지에 덮인 눈을 헤집고 기어 나와 가까운 빈터의 열매 나무들을 찾아 흩어졌다. 직박구리는 산수유 열매를 찾아 낮은 나무 사이를 날아다니다 더욱 깊은 겨울철이 되면 겨우살이의 열매를 따 먹으러 큰 느티나무를 찾아갔다. 박새와 방울새는 솔방울 씨앗을 빼 먹으러 소나무 숲을 찾아갔고, 곤줄박이는 때죽나무 씨앗을 찾아 언덕 아래편으로 날아갔으며, 작은 텃새들은 지난가을에 숨겨두었던 잣을 뒤지러 산으로 갔다. 이제 벌레가 땅속 깊이 숨어든 초겨울에 개똥지빠귀는 마른 덤불 속의 찔레 열매나 붉나무 열매를 찾아다니다가, 눈 덮인 겨울철에는 팽나무 근처에 모여 하루 종일 이 가지 저 가지 위로 옮겨 다니며 팽나무 열매를 따 먹고 살았다. 팽나무는 이제 어른 나무가 되어 밑둥치도 우람해졌고 위로 자라면서 세 갈래로 뻗어 올라간 굵은 가지는 다시 두 갈래 세 갈래씩 뻗어나가 높은 허공에 머리카락 같은 잔가지를 벌여놓고 있었다. 바닷바람이 불어올 때마다 잔가지 사이로 스치고 지나가는 바람 소리가 날카로웠다. 팽나무는 바람과 눈보라의 추위에 몸을 맡기고 잔가지와 몸통을 흔들며 반쯤 조는 듯이 서 있었다. 개똥지빠귀들 몇 마리가 날아와 가지의 이곳저곳에 앉았다. 팽나무는 그때 잠깐 어렴풋한 잠에서 깨어났다.

 아, 너희들 왔구나.

 수컷 개똥지빠귀가 가지에 부리를 비비고는 이랬다.

 잘 있었어요? 팽 열매를 좀 먹으러 왔어요.

 그래그래, 어서 많이 먹어라.

 새들은 일곱마리쯤 되었는데 제각기 짖어대는 울음소리에 고요하던 숲이 갑자기 시끄럽고 활기찬 곳으로 변했다. 햇볕이 따스한 정오가 지나면서 숲속은 갖가지의 새소리로 가득 찼다. 적당히 마른 팽 열매는 가지마다 가득 달려 있어서 새들이 몇날 며칠을 따 먹어도 모자라지 않을 만큼 풍족했다. 열매가 무를 때에는 부리로 거죽을 쪼아 벗겨 먹었지만 이제 겨울철 마른 열매는 쪼아서 통째로 먹어버렸다. 해 짧은 오후가 되자 주위는 어둑해지고 어느새 새들은 서둘러 제 둥지를 찾아 사라졌다. 숲의 빈터에는 다시 조용한 적막이 찾아왔고 가지를 스치는 바람 소리만 들려왔다. 팽나무는 또 잠들었다. 나무는 수분을 가지 속 깊이 머금고 모든 작용을 멈춘 채로 외부는 딱딱하고 거친 껍질로 몸통을 감싸고 땅속의 뿌리로만 지나간 계절의 기억을 더듬고 있었다.

 팽나무는 겨우내 봄의 꿈을 꾸며 잠들었다. 그러한 겨울이 백번 지나가고 다시 백번쯤 지나 나무의 속내에는 이백 개 넘는 나이테가 겹겹으로 쌓였다.

3

 개똥지빠귀 한마리가 머나먼 북방 대륙에서 날아와 반도의 남쪽 서해안에 인연의 씨앗이 되어 팽나무가 생겨난 지 이백 하고도 오십해 가까이 지났을 즈음, 사람의 세상은 조선이라는 왕국이었다.

 팽나무가 처음 어린 묘목으로 자랐을 때는 왕조의 초기였고 이후 오랫동안 백성들이 태평성대라고 하는 평온하고 살기 좋은 시대였다. 이전에 두 차례의 전쟁이 조선을 휩쓸고 지나갔다. 바다 바깥의 일본 왜나라가 쳐들어왔고 다시 중국 청나라가 침범했다. 오랫동안 전해 내려왔던 마을이 없어지거나 새로 생겨나고 산과 들은 황폐해졌다. 민심은 사나워지고 각박해졌으며, 풍속이 어지러워지니 나라의 법도 엄격하고 가혹해졌다. 사나운 백성은 관에 저항하다 도적이 되거나 난을 일으켰고 탐욕스러운 관리는 부패, 무능했다. 백성들이 살아가기가 어렵고 힘들다는 탄식이 나온 지 몇 세대가 지난 세상이었다.

어느 해 큰 흉년이 들어 여러 고을마다 굶주린 유랑민들이 떠돌아다녔다. 큰 산에 있는 절의 주지 스님이 마을로 내려왔다가 길에서 어떤 유민 가족을 만나게 되었다. 마침 병에 걸린 가장이 숨을 거두었는데 갓난아기는 안고 사내아이는 무릎에 누여둔 채로 아낙네가 통곡하고 있었다. 아기는 엄마의 나오지 않는 말라붙은 젖을 빨다가 목쉰 소리로 가냘프게 울었고, 큰아이는 엄마의 무릎에 머리를 얹고는 맥없이 눈물만 흘리고 있었다. 스님은 차마 그냥 지나치지 못하여 길가에서 죽은 남자를 낮은 땅에 끌어다 돌과 흙으로 덮고 잡초를 뜯어 얹어주었다. 그러고서 스님은 쪽박에 시냇물을 떠 오고 바랑에서 미숫가루를 내어 한 그릇 타서는 가족에게 먹였다. 아낙네가 먼저 무릎 위의 큰아이를 흔들어 일으켜서 반쯤 마시게 하고는 자기도 몇모금 마시고 입에 머금어 아기의 입에 대고 먹여주었다. 넋을 잃고 앉았던 여인이 한숨을 푹 내쉬고는 스님에게 두 손을 모으고 말했다.

저희는 여기서 백여리 떨어진 산골에 살다가 양식이 떨

어져 살길을 찾아 이 고을로 왔습니다. 이제 가장이 굶주림을 이기지 못하고 먼저 세상을 떠났으니 저는 친정으로 돌아갈까 합니다. 아직도 수백리 먼 길을 찾아가야 하는데 먹을 입이 셋입니다. 저 한 몸과 이 갓난것은 길 가다가 죽을지도 모르지만, 큰아이라도 살려야 합니다. 바라옵건대 스님께서 이 녀석을 데려다가 거두어주신다면 저는 지옥에 떨어져서라도 스님의 은공을 꼭 갚겠습니다.

주지 스님은 아무나 함부로 절집에 들일 수는 없다는 사정을 일렀지만, 아낙은 엎드려 스님의 바짓가랑이를 붙잡고 애걸하며 사정하였다. 하는 수 없이 스님은 여인에게 바랑에서 길양식을 퍼주고는 사내아이를 업고 절로 돌아왔다.

다섯살배기를 보경사라는 절에 데려온 광덕 스님은 부엌일을 맡은 할머니 보살에게 아이를 맡겨 보살펴주도록 했다. 보경사는 제법 큰 절이어서 철마다 오가는 객승까지 친다면 언제나 십여명의 중이 머물렀다. 짧게는 한두달에서 길게는 몇년씩 머무는 젊은 스님들이 글을 가르치려 했지만, 아이는 집중력이 부족했는지 이튿날이면 거의 잊어버리곤 했다. 아이가 열살이 되었을 때 광덕 노스님은 아이의 머리를 깎고 중 옷을 지어 입히도록 했고, 법명을 지어주었다.

꿈 몽에 깨어날 각이라. 오늘부터 너는 부처님 자식이 되었으니 몽각이라고 하여라.

광덕 스님이 그전에도 뒤에도 몽각이 절에 들어와 살게 된 사연을 이야기한 적은 없었다. 그동안 몽각은 부엌간에서 잔심부름하며 곁에 딸린 방에서 할머니와 함께 잤다. 낮에는 절 부근을 돌아다니며 올챙이나 송사리를 잡다가 스님들에게 혼나기도 했고, 끼니때가 되면 공양주 할머니가 '얘야, 텃밭 가서 호박잎 좀 따 오너라' 하면 잽싸게 달려가서 따 오던 것이다. 또는 '얘야, 가서 삭정이 좀 가져와라' 하면 나뭇간에 달려가 마른 소나무 가지와 솔방울을 한아름 긁어다주는 식이었다. 할머니는 스님들의 밥을 푸고 큰 가마솥 바닥에 붙은 누룽지는 말끔하게 긁어서 말려두었다가 스님들 간식거리나 조반의 죽을 끓이는 데 쓰려고 간수했지만, 솥 가장자리에 붙은 밥알과 부드러운 누룽지를 소금물에 적신 손으로 뭉쳐서 아이에게 몰래 주곤 했다. 공양주 보살은 여름날 모기 때문에 아이가 잠들지 못하면 마른 쑥을 방문 앞에 피우고, 한 손으로는 부채질을 해주고 다른 손은 아이의 가슴을 가볍게 두드려주며 아주 낮고 갈라진 목소리로 흥얼거렸다.

자장자장

우리 아기 잘도 잔다
꼬꼬닭아 우지 마라
멍멍개야 짖지 마라
자장자장
우리 아기 잘도 잔다
금을 주면 사겠느냐
은을 주면 사겠느냐
멀리 계신 니 아버지
소원 성취 한 연후에
내일모레 돌아온다
꿀떡 사고 약과 사고
모두 많이 사다준다
아가 아가 우리 아가
자장자장

  노스님은 그에게 몽각이라는 법명을 내린 뒤부터 스님들이 머무는 요사채로 가서 젊은 스님과 함께 지내도록 일렀다. 그리고 새벽 예불 시간에 참례하도록 했다. 선배 스님은 몽각에게 자기가 배운 염불 몇가지를 가르치기 시작했고 몽각은 '반야심경'을 일년이 넘도록 아무 뜻도 모르고 노래처럼 한줄씩 외웠다. 오래 걸리기는 했어도 끝까지 틀리지는 않아서, 한해를 염불 하나로 보냈지만 광덕 노스님은 겉으로 만족한 듯 보였다.

몽각이 스무살이 되었을 때 공양주 보살이 돌아가셨다. 몽각은 스님의 처지로 보아 그래서는 안 되는데도 절간 기둥을 부여잡고 엉엉 울었다. 그가 속세의 여염집 아이였다면 친할머니나 다름없는 분이었다. 수년 동안 밤마다 불러주시던 자장가 소리를 어찌 잊을 수 있을까. 그는 할머니가 언젠가 해주던 말이 생각났다. 아마 미운 일곱살인가 하던 때였을 것이다. 그가 다람쥐를 잡겠다고 돌을 던져 장독을 깨어버렸다. 할머니가 깨진 옹기 항아리의 바닥에 남은 간장을 성한 독에 옮겨 담으면서 이미 땅바닥에 시커먼 흔적만 남긴 잃은 간장을 아까워하며 한탄했다.

이놈아, 너는 말썽만 부리는구나. 그러니 느이 에미가 얼마나 속상했으면 널 버렸겠느냐!

그날 밤에 할머니 곁에 누웠던 아이는 새우처럼 쪼그리고 벽을 향하여 돌아누워서 훌쩍거렸다. 할머니가 자리에서 상반신만 일으키고 일어나 앉았다.

내가 실성했던 모양이다. 오늘 너에게 모진 말을 하였구나. 아무래도 내가 벌을 받아 염라지옥에 떨어져야 할까부다.

하고서 할머니는 광덕 스님이 절집의 중수를 위하여 어

느 고을 부잣집에 시주 청하러 갔다가 흉년 당한 유민을 만났다는 것이며, 가장의 죽음과 아낙네와 두 남매를 만났다는 것과, 그의 어머니가 먼 길에 죽을지도 모르니 큰아이만은 살려야겠다며 스님에게 잘 길러달라고 부탁했다는 이야기를 해주었다. 몽각은 기억이 희미했지만, 할머니의 설명에 힘입어 길에서 죽은 아버지와 엄마와 누이동생의 정경이 마음속에 그림처럼 새겨졌다. 그것은 희미한 붓자국 위에 다시 진한 먹으로 선을 그은 듯한 정경이었다.

공양주 할머니가 돌아가신 뒤에 몽각은 어쩐지 지향점을 잃은 것 같았다. 예불 시간에도 방구석에 처박혀 일어나지 않았고 공양 시간에도 굶을지언정 방에서 나오려 하지 않았다. 마당을 쓸다가도 빗자루질을 멈춘 채 먼산바라기를 하고 섰다. 광덕 스님은 그를 보경사 경내에서 일단 내쫓기로 마음을 잡수셨다. 노스님은 여느 때처럼 그에게 호통을 치거나 싫은 소리를 하지 않고 무심하게 말했다.

장원지기가 기력이 떨어져서 더는 채마밭을 돌보기 어렵다니 네가 가야겠다.

저는 아직 농사일을 잘 모릅니다.

너는 정이 넘치는 자가 아니냐. 초목도 정성을 들이면 다 잘 자라게 될 터이니 힘써보아라.

그때부터 몽각은 산 아래 있는 절의 밭에서 채소를 기르는 일을 맡게 되었다. 광덕 스님의 말대로 몽각이 정이 많은 자라서 그랬는지 원래가 그 일에 소질이 있어선지, 씨를 뿌려 모종을 내어 밭에 심거나, 두엄을 푸짐하게 뿌려 기름진 땅의 흙을 푸슬푸슬하게 일구어 씨를 뿌리고 고랑을 내고 잡초를 뽑아주고 했더니 놀랄 만큼 배추와 무와 상추, 쑥갓, 오이, 호박 등의 푸성귀가 잘 자라났다. 밭의 작물이란 농사꾼의 발걸음 소리를 듣고 자란다는 말대로 몽각은 햇빛 밝은 날이나 흐린 날이나, 비가 오는 날 폭풍이 부는 날 가리지 않고, 발을 덮어 그늘을 만들거나 웃자란 가지에 지지대를 받쳐주고 바람막이 띠풀로 울타리를 세우고 언제나 밭에 머물러 있었다. 몽각은 계절마다 풍성한 수확물을 지게에 져다 보경사로 들여놓았다. 어느 날 같은 또래의 젊은 스님이 몽각의 장원으로 급히 내려왔다.

큰스님이 찾으시오.

채소를 들인 지가 며칠 안 되었는데 웬일로 저를 찾는다오?

노스님께서 편찮으신가봅니다.

몽각이 도반 스님을 따라 절에 오르니 어쩐지 경내의 분위기가 적막하게 가라앉아 있었다. 칠팔명의 스님들이 몇은 대웅전에서 불공드리고, 또는 요사채에 고개를 숙이고 앉아 있었다. 몽각이 안내한 스님과 함께 큰스님이 기거하는 별채의 담장 안으로 들어가니 마루에 앉았던 절집의 살림을 맡은 중년의 원주 스님이 안에다 대고 아뢰었다.

몽각이 왔습니다.

안에서 응 그래, 하는 희미한 소리가 들린 듯했다. 어서, 하는 시늉으로 중년 스님이 몽각에게 방을 향하여 손짓했다.

다들 물러가고 몽각이만 들여라.

몽각이 짚신 벗고 마루에 올라 세번 절하고 단정히 앉았더니, 큰스님은 누운 채로 천장을 향하여 말했다.

가까이 오너라.

그가 노스님의 머리맡으로 옮겨가 앉으니, 해골처럼 피부가 바짝 말라붙은 몰골의 광덕 스님은 가쁜 숨을 몰아쉬며 말했다.

나는 이제 절집을 떠난다마는, 너는 언제까지 이 집에 머물 것이냐?

몽각은 그의 모습과 떠난다는 말씀에 금방 두 줄기 눈물이 주르륵 흘러내렸다.

스님께서 나가라고 하지 않으시면 앞으로도 쭉 머물겠습니다.

너 외에는 아무도 너를 나가라고 할 자는 없다.

하고 미약하나마 스님은 웃음소리를 냈다.

절이 싫으면 중이 떠나는 게지. 내가 왜 너를 부른지 알겠느냐?

몽각이 무릎 위로 코를 박고 절하며 말했다.

스님 좋아하시는 노각이 올해도 잘 익었습니다. 곧 따다가 드릴 터이니 잡숴보십시오.

큰스님은 말했다.

너는 마침내 견성을 할 것이다. 천지의 이치로 보아도 너를 살려낸 뜻이 그러할 것이니라.

밖에서 누군가의 주저하는 듯한 목소리가 들려왔다.

스님 갈아입으실 옷 가져왔는데요.

노스님은 몽각에게 일렀다.

그래, 노각은 너희끼리 맛나게 나누어 먹고, 이젠 나가 보아라.

몽각은 밖으로 나오면서 스님들이 광덕 방장 스님에게 가사장삼을 입혀드리려는 걸 알았다. 이제 그가 운명하시면 사흘 뒤에 다비를 치르게 될 것이다. 그는 옷을 갈아입자마자 숨을 거두었다.

광덕 스님이 돌아간 뒤에 보경사의 방장 자리는 오랫동안 비어 있었다. 몽각은 스물다섯살이 되도록 여전히 장원에서 채소를 기르며 나날을 보냈다. 어느 날 그는 잘 익은 참외와 수박을 따서 지게에 얹어 본사로 올라갔다. 절 경내가 어딘가 평소와는 달랐다. 대웅전으로 오르는 계단 아래 가마 두채가 서 있고 가마꾼인 듯한 장정들이 나무 그늘에 앉아 쉬고 있었다. 몽각이 지게를 지고 대웅전 앞마당에 오르니 누군가 불공을 올리는지 목탁 때리는 소리와 낭랑한 염불 소리가 들렸다. 전의 댓돌 아래에는 갓 쓴 아전 두 사람과 하님인 듯한 여자 하나가 두 손을 앞에 모으고 공손한 태도로 서 있었다. 몽각은 청과를 지게에 지고 공양간으로 가서 기웃하면서 중년의 공양주 보살에게 인사를 건넸다.

수박이랑 참외가 잘 익어서 좀 따 왔습니다. 한데 뭐 귀한 손님이라도 오셨나요?

그랬더니 공양주 보살은 손가락을 입에 대고 쉬잇, 하는 소리를 냈고 불목하니를 맡은 처사가 목소리를 낮추어 가만히 알려주었다.

강릉 부사 마님과 따님이 불공을 드리러 오셨대요.

공양주 보살은 몽각에게 말했다.

곧 기도가 끝나고 점심을 드실 것이라 잘 익은 것으로 귀빈 상에 올리면 좋겠네요.

몽각은 지게에서 수박 한통과 참외 몇개를 내어 함지에 담아 샘가로 갔다. 청과는 방금 밭에서 딴 것들이라 흙이 묻었고 마른 줄기와 잎새도 달라붙어 있었다. 바위틈으로 끊임없이 흘러나오는 샘 안에 표주박이 떠다녔고 샘 밖에는 흘러나온 물을 채워두는 넓적한 돌 수조를 묻어두었다. 수조를 가득 채우고 흘러넘친 물은 작은 고랑을 따라 아래 계곡으로 떨어져 흘러갔다. 몽각은 옹기 속의 바가지로 물을 퍼서 함지에 담아온 청과를 씻고 있었다. 그의 등 뒤에서 인기척이 들리더니 낭랑한 여자 목소리가 들렸다.

스님, 약수 한모금 마실 수 있을까요?

몽각이 놀라서 돌아보니 앞에 선 여인은 대웅전 계단 아래 서 있던 하님이었고 뒷전에 몸을 돌리고 내외를 하고 섰는 처녀가 아마도 부사 댁 따님일 것이다. 몽각은 얼른 합장하고 일어나 바위틈에서 흘러나오는 물을 샘에 떠 있던 표주박으로 받아 두 손 모아 올렸다. 하님이 그것을 상전에게 권했다.

아씨, 드십시오.

처녀가 한모금 마시더니 혼잣말로 종알거렸다.

이가 시릴 정도로 시원하구나!

몇모금 마시고 나서 처녀가 하님에게 표주박을 돌려주며 말했다.

자네도 한번 마셔보아.

아이고, 시원해라.

하고는 하님이 기웃이 함지에 담긴 수박과 참외를 내려

다보더니 몽각에게 물었다.

스님, 그거 손님들께 드릴 청과입니까?

예, 그러합니다.

기왕이면 이 샘에 담가두었다가 올리세요.

몽각은 아가씨의 음전하고 예쁜 용모에 끌려서 고개를 숙이거나 돌리지도 못하고 자꾸만 똑바로 쳐다보았고 몇 번 처녀와 눈길이 마주쳤다. 처녀도 눈길을 느꼈는지 얼른 손부채를 펼쳐 얼굴을 가리고 말했다.

맛난 과일까지 주신다니, 스님 정말 고맙습니다.

두 여인이 샘가를 떠나자, 몽각은 그야말로 정신이 나간 것처럼 어지럽고 현기증이 나서 그 자리에 주저앉았다.

그런 일이 있고 나서 몽각은 장원에 틀어박혀서 지냈지만 밭을 제대로 돌보지 못하여 가을 수확을 대비하여 심었던 김장 무와 배추 농사를 초장부터 망치고 말았다. 벌써 배추의 겉잎이 제때 물을 주지 못하여 꼬들꼬들 말라가고 있었다. 몽각은 속세에서 일컫듯이 상사병에 걸렸다.

방 안에 있건 밭에 나가건 잠자려고 누웠어도 언제나 아가씨의 고운 얼굴과 별처럼 빛나는 눈이 떠올라서 혼자 헛소리를 중얼거리는 버릇까지 생겼다. 애고, 한번 먼발치에서 바라보기만 하여도 이 안타까움이 가실 텐데. 몽각은 산을 내려가 강릉 부내로 가서 돌아다니다 관가 근처를 어슬렁거리기도 했지만, 감히 삼문 안으로 들어갈 수는 없었다. 돌아오는 길에 장꾼들에게서 부사 댁 따님이 한양에서 벼슬하고 내려온 아무개 판서 댁에서 청혼이 들어와 곧 시집을 간다는 소문까지 듣게 되었다.

지성이면 감천이라고, 관세음보살님께 기도를 올리면 행여나 아가씨를 자기에게 보내주실지도 모른다는 생각에 몽각은 관세음보살상이 있는 법당을 찾아갔다. 먹는 것도 자는 것도 잊고 일심으로 일만배를 작정하고 절하고 기도하기를 계속하는데, 삼천배에 지쳐서 자기도 모르게 법당에 쓰러져 잠이 들었다.

법당 문이 살그머니 열리면서 그렇게나 보고 싶던 아가씨가 들어왔다. 몽각은 너무도 놀라서 저절로 뒤로 물러나 앉을 지경이었다. 아가씨가 초롱초롱한 눈빛에 흰 이를 드러내고 웃으며 말했다.

소녀가 스님을 뵌 뒤로 잊지 못하여 늘 안타까운 마음이 있었습니다. 이제 부모님께서 혼처를 정하여 저를 다른 이에게 시집보내려 하니, 저는 도망쳐 나온 길입니다. 바라옵건대 스님은 저와 부부가 되어 다른 고장으로 멀리 데려가주세요.

몽각은 감격하여 더이상 뭐라고 되묻고 말고 할 겨를이

없었다. 그길로 여자의 손을 잡고 절을 떠나 산 아래로 내려가 속세의 삶을 살아가기로 했다.

두 남녀는 수십여년간 같이 살면서 자식 세명을 낳았으나 애초부터 집도 땅 한뼘도 가진 것이 없어 산골짜기로 들어가 화전을 일구고 약초를 캐어 먹고살았다. 그러나 화전 갈이란 불 질러 숲을 태워 조그만 땅을 갈아 한두해 농사짓고 나면 또다른 데를 찾아 이동하는 삶이어서 집도 제대로 못 짓고 언제나 움막에서 살아야 했다. 농지가 너른 들판에 사는 농사꾼들이야 웬만한 가뭄이나 흉작이 들어도 여분의 양식과 씨앗이 있어 해를 넘기면 곧 살길이 열렸으나, 두메산골에서 농사를 망치면 나무 열매나 풀뿌리 밖에는 먹을 것이 없었다. 온 식구가 충청도 월악산 근방을 넘어가다 열다섯살짜리 큰아들이 칡뿌리만 먹고 사흘만에 굶주려 죽으니, 부부는 통곡하며 시신을 길옆에 묻었다.

몽각이 어려서부터 산속의 절집에서 자라난 터여서 찾아가는 곳은 산과 큰절이 있는 곳이었다. 속리산 법주사를 찾아가 처음에는 몽각 혼자 절의 잡일꾼 처사로 겨우 끼니를 잇더니 사정을 알게 된 절의 스님들이 사하촌에 소작지를 빌려주어 예전처럼 푸성귀와 작물을 농사짓게 되었다.

그렇게 또 세월이 흘러 두 부부는 노인이 되었다. 때마침 나라에서 억불 정책이 강화되어 양민이 삭발하고 중이 되는 것과, 절의 유년 승려와 잡일꾼 등이 나라의 군역과 부역에서 빠지는 것을 엄금하였다. 부부는 소작지를 잃고 다시 걸식하며 유민이 되어 떠돌다가 십여세의 딸이 개에게 발목을 물려 움집에 돌아오니 부부가 이 꼴을 보고 가슴이 미어지는데 아내가 울며 말하였다.

제가 처음 당신을 만났을 때는 아름답고 젊었으며 신분도 귀하였습니다. 콩 한알이라도 나눠 먹으며 부부의 인연을 맺어온 지 어언 삼십년입니다. 그러나 해가 거듭될수록 늙고 병은 깊어가는데 굶주림과 추위를 피할 수 없습니다. 이제는 곁방살이나 한모금의 마실 것도 사람들이 용납하여주지 않으니, 수많은 집집마다 문 앞에서 당하는 수모는 산더미처럼 무겁기만 합니다. 아이들이 이런 꼴을 당해도 돌보지도 못하는데 언제 부부의 즐거움이 있겠나요? 아름다운 얼굴이며 밝은 웃음도 풀잎에 맺힌 이슬처럼 사라지고, 난초처럼 향기롭던 언약도 바람에 흩날리는 버들가지처럼 지나갔습니다. 이제 생각해보니 예전의 기쁨이 바로 근심의 뿌리였습니다. 다 함께 굶어 죽기보다는 차라리 서로 헤어져 상대방을 그리워함만 못할 것입니다. 좋다고 취하고 나쁘다고 버림은 사람 마음에 차마 할 짓이 못 되지만, 인연은 사람의 힘으로 어찌할 수 있는 것이 아니니 헤어지고 만남에도 명운이 따르는 것이겠지요. 바라옵건대 이제 헤어집시다.

몽각은 어쩐지 슬프기보다는 홀가분하여 기뻐하면서 각자 딸아이 하나씩 데리고 헤어지기로 하였다. 떠나기 전에 아내가 말했다.

저는 동쪽 고향으로 갈 테니 당신은 서쪽으로 가세요.

두 사람이 서로 잡았던 손을 놓고 돌아서려는데 문득, 몽각이 꿈에서 깨어났다.

쇠잔한 등불이 가물거리고 새벽빛이 희부옇게 밝아오는데 몽각은 앞에 있는 관세음보살상을 마주 보기가 부끄러웠다. 자신이 길 위에서 굶주려 죽어가던 유민의 자식으로 노스님의 구원을 받아 절에 들어와 부처님 자식이 되었던 일이 전생의 일처럼 아련한데, 이제 다시 꿈에서나마 겪은 한평생은 그 업보를 되풀이해준 현생이었다. 노스님이 열반하시며 남긴 말을 몽각은 되새기고 있었다. '너는 마침내 견성을 할 것이다. 천지의 이치로 보아도 너를 살려낸 뜻이 그러할 것이니라.' 세속의 한평생 덧없는 희로애락을 겪은 그는 보경사를 떠나 홀로 수도를 하러 떠나기로 하였다.

몽각은 꿈속의 아내가 말하던 대로 서쪽을 향하여 길을

걸었다. 길 가던 중에 어느 산을 넘다가 그곳이 꿈에 큰아들을 묻었던 장소라는 걸 깨달았다. 그가 길가의 땅을 파보았더니 돌미륵이 나왔다. 그는 미륵상을 일으켜 세워 여러 개의 돌로 받쳐놓고 곁에는 잔 돌멩이로 탑을 쌓아놓았다. 몽각은 그곳을 떠나며 탑과 미륵상을 돌아보았고, 행인들이 거기서 잠시 발을 멈추고 자신을 돌아보기를 바랐다.

바로 그때는 조선 왕조 기간에 가장 심각한 첫번째 자연재해가 일어난 시절이었다. 이십여년 뒤에 왕이 바뀌고 나서 다시 한번 끔찍한 재해가 발생했으며, 수백만의 백성들은 물론 심지어는 귀족과 왕실 측근들도 굶주림과 전염병을 피할 수 없었다. 지방에 따라 부분적인 홍수나 가뭄이나 흉작의 해가 간헐적으로 있긴 했지만, 다른 지방은 고른 날씨와 좋은 기후로 풍년이 들기도 했다. 그런데 이러한 심각한 대기근은 조선반도 전역에 걸쳐서 발생했고 그 피해가 몇해 동안 이어졌다. 나중에 나라 사이의 교역자들과 관리들에 의하여 알려진 바에 따르면, 비슷한 시기에 일본 에도 막부 치하에서도 이삼십년 간격으로 세 차례의 대기근이 일어나 수백만이 기아와 질병으로 죽었고, 중국에서는 가뭄과 혹한 따위의 극심한 기후 변화로 대기근이 일어나 백성들이 수백만이나 죽었고 왕조가 망하는 계기가 되었다. 나이 많은 노인들은 말하기를 '이런 일은 태어난 뒤로 보거나 들어본 적이 없는 것으로, 사람의 끔찍한 죽음이 임진년 왜란의 전쟁 참화보다 더하다'라며 탄식했다.

몽각은 높은 산과 고개를 넘고 깊은 골짜기를 벗어나 마을을 찾아 내려갔다. 이미 봄이 지나 초여름이 코앞에 닥쳤는데 주위에는 인적이 없이 고요했다. 한창 농번기인데 논과 밭에는 아무도 없었다. 개울은 돌과 바위가 다 드러난 채로 물길이 끊겨 있었고 산간 마을의 논과 밭은 말라서 시든 지 오랜 볏모와 누렇게 변한 푸성귀와 쩍쩍 갈라진 땅이 물을 준 지 오래되어 보였다. 장원지기였던 몽각은 봄 가뭄이 심한 해라고는 알고 있었지만 이렇듯 심할 줄은 몰랐다. 더구나 산간에 하천부지를 끼고 자리 잡은 마을의 이십여호 남짓 되는 초가집마다 사람의 자취가 보이질 않았다. 모두 어디로 간 것일까? 몽각은 산자락을 완전히 벗어나 그 지방의 관가가 있는 현의 읍내 근처에 가서야 길 위에서 서너명 또는 대여섯명 무리를 지은 가족들을 만났다. 어떤 남자는 노모를 들쳐 업었고 옆에 아기를 안고 어린것의 손목을 끌고 가는 아낙네와 맨발로 어미를 따라 걷는 더벅머리 아이들이 있었다.

다들 어디로 가는 거요?

노파를 업은 사내는 그에게 눈길도 주지 않았고 아낙네

가 몽각의 스님 행색을 아래위로 살피고는 말했다.

관가 삼문 앞에 구휼소를 차렸다고 하여 가오.

몽각은 산간 마을이 사람의 자취도 없이 비워진 까닭을 물으니, 노모를 업고 가는 사내가 말했다.

스님이 산에 있는 동안 아무것도 듣지 못한 모양이오. 지금 온 세상이 보릿고개에 가뭄까지 겹치고 역병이 돌아서, 다 죽어 나가는 판이라오.

읍내의 길에 접어들자, 사방의 마을에서 모여드는 백성들로 장이 선 듯하였다. 관가의 삼문 앞에는 천으로 차일을 치고 그 아래 병든 이들을 뉘어놓았고 삼문 앞에 내다 놓은 큰 가마솥이 두군데 있어서 모두 죽 한 사발을 바라고 줄을 서서 차례를 기다렸다. 줄에 섰다가도 누군가 곁의 가족이 부축을 놓치면 그 자리에 주저앉아 버리거나 땅바닥에 쓰러졌고, 관노가 달려와 차일 아래로 옮겨다두었다. 몽각은 그 기다란 줄에 끼어서 기다리지 않고 관가 앞을 지나갔다. 그는 회색 승복에 장삼 걸치고 등에 바랑 지고 목에 염주 걸고 머리에 작은 삿갓을 썼으니 길 떠난 화주승의 행색이었다. 바랑 속에는 절에서 장만해 온 미숫가루와 마른 떡이 있으니 길양식은 아직 얼마간 버틸 수 있었다. 그는 충청도 서남쪽으로 계속 내려갔다. 흉년은 이제 시작이었지만 어느 한 지방에만 있는 일이 아니어서 엄청난 국난이 일어날 듯한 분위기였다.

 지난 정월부터 여름까지, 삼남에서 중부 지방에 이르기까지 광범위한 지역에 지진이 일어났다. 난데없는 우박이 떨어졌고 가뭄 뒤에 메뚜기와 해충이 번성하여 그나마 살려낸 농작물들을 쓸어버렸다. 전염병은 겨울부터 시작되어 봄을 지나 무더운 여름이 되자 무섭게 여러 고장으로 번져가고 한양에까지 퍼지고 있다는 소문이었다. 의원들에 의하면 전염병은 염병과 천연두인데 가축들의 구제역까지 퍼지기 시작했다고 한다. 농사일에 중요한 가축이라 하여 소를 잡거나 식육하는 것을 엄금했는데 수만마리가 병에 걸려 죽은 소를 땅에 묻었고 굶주린 백성들이 그것을 몰래 파내어 먹고 마을 사람 절반이 죽어 나가기도 했다. 봄의 절량기에 가뭄과 냉해로 여름 식량을 얻지 못하고 연이어 일년 농사의 적정기를 놓치자, 태풍과 수해가 몰려온 여름부터 굶어 죽는 자가 늘어났고 못 먹고 쇠약해진 때에 퍼진 전염병은 남녀노소를 가리지 않고 수많은 인명을 쓰러트렸다. 마을이 비워진 것은 가만히 앉아 굶어 죽지 않기 위해서 각자가 살던 곳을 버리고 떠돌아다니기 시작했기 때문이었다. 유민들은 군현과 감영의 관가 앞을 찾아 구휼 양식이나 죽이나 치료라도 받으려고 대처로 몰려들기 시작했다. 멀리 중부 지역에서는 구름 같은 유민들이 한양 도성 안으로 모여들기 시작했다는 소문이었다. 영의정이 비빈이 궁중 나인들이 굶고 역병 들어 죽어 나간다는 소문까지 돌았다.

몽각이 충청도 내륙에서 금강 기슭을 따라 바다를 향하여 방향을 정한 것은 이런 시절일수록 산이나 들이 아니라 뭔가 먹을 것은 바닷가에 나가면 해결할 수 있으리라 보았기 때문이다. 강경 포구에서 바다로 나가는 어선을 만나 금강을 따라 흘러가니 곧 바다에 이르렀다. 바다와 강과 갯벌, 그리고 그곳에 사는 생물과 숲과 나무와는 아무런 상관없이 사람들이 지은 지명들이 오래전부터 전해져 내려왔다. 반도 서쪽의 바다 이름은 황해였고 금강이 흘러 내려오는 하구의 북쪽은 서천현이고 바로 하구 남쪽은 옥구현이었다.

강과 바다가 만나는 옥구현의 서북쪽에 현의 관할 구역인 군산포가 있었다. 군산포에는 초라한 진영과 부근에서 나오는 세곡을 쟁여두는 미곡창과 소금 창고 몇채가 있고 드나드는 배와 창고를 지키고 관리하는 만호와 군관 이하 사령배들이 몇명 있었다. 현감이 있는 옥구현청은 이십여리 남쪽에 있었는데 바닷물이 드나드는 갯벌 땅과 동쪽으로 펼쳐진 너른 들 가운데 마을이 몇군데씩 띄엄띄엄 모여 있었다. 몽각이 주변을 살피니 내륙의 대처 군현보다는 훨씬 한적하여 백성이 겪는 참상이 잘 보이지 않았다. 그는 군산포 진의 아전에게 부근에 찾아갈 만한 절집이 있는가를 물었더니, 서남쪽 십여리에 설림산이 있는데 거기 은적사라는 절이 있다고 가르쳐주었다. 몽각이 금강 하구 바닷가에 장벽처럼 돌아나간 산자락을 따라서 오솔길을 한참 걸어가니 산을 등지고 바다를 내다보는 언덕 위에 절이 있었다. 몽각이 여로에 누추해진 행색으로 절집 마당에 들어서자, 자신의 또래로 보이는 젊은 스님이 나와서 맞았다. 그는 요사채의 주지 방에 들어가 주승을 뵙고 삼배 올린 뒤에 자신의 내력과 여기까지 오게 된 사연을 말했다. 주지는 오십대의 중늙은이였고 도력이 높아 보이지는 않았으나 말씨가 느리고 부드러운 표정으로 보아 좋은 사람이라는 느낌이 들었다. 몽각이 강원도에서부터 오던 여로에서 보고 들은 바를 이야기하니 주지가 한숨을 깊이 내쉬었다.

  세상이 어찌 되려고 이런 참상이 벌어지는지. 그래도 여기는 들도 넓고 갯가도 있어 다른 고장보다는 나을 것이네. 우리도 주위에 농토가 있어 소작도 주고 농사도 짓고 하지만, 올해 농사를 망쳤으니 내년을 어찌 넘길까 그것이 걱정일세.

은적사가 큰절은 아니지만 지어진 세월도 천여년이 넘고 인근에 부농들이 많아서 산골 오지의 절보다는 살림이 포실할 듯했다. 이 절 식구는 모두 다섯명이었는데, 주지 외에 스님이 셋이요 잡일을 돕는 중년의 처사가 있었다. 공양주는 따로 없이 젊은 스님 셋이 돌아가며 취사하고 있었다. 몽각이 수도처를 정할 때까지 이곳에 머물 수 있을지 물으니 주지는 고개를 끄덕이며 말했다.

흉년에 밥 식구 늘면 다른 복이 들어온다는 말두 있잖은가. 보아하니 팔다리가 튼튼하여 우리 처사를 도와 궂은일도 잘할 수 있겠구먼.

일년만 머물다 떠나겠습니다.

그거 다 형편 보아서 하게나.

몽각은 객승으로 은적사에 머물게 되었다. 대기근은 겨울과 이듬해 봄에 이르기까지 심해지고 참상은 극에 달했다. 기아에서 좀 벗어났던 벼슬아치나 사대부와 부농 들까지도 염병과 천연두 같은 전염병에는 대책이 없었다. 인구가 많은 한양이나 지방 감영이 있는 도회지에서는 부모처자가 서로 베고 깔고 함께 죽은 일도 있고, 혹은 어미는 이미 죽고 아이가 그 곁에서 엎드려 어미의 젖을 빨다가 곧이어 따라 굶어 죽기도 했다. 울고불고 신음하는 소리에 지나가는 자도 흐느끼며 걸어갔다. 더욱이 전염병은 날로 치솟아 그 열기가 불꽃을 일으키는 것 같았다. 병에 걸리지 않은 가족은 접촉을 꺼려 집 안에서 나가려 하지 않고, 병에 걸리면 식구들을 떠나 성 밖으로 스스로 나가니 그곳에는 환자들이 지은 임시 움막이 끝없이 이어졌다. 병든 자는 아무 감정 없이 이미 죽은 시신 곁에 가서 누워 죽을 때만 기다리는 형편이었다. 어느 고을에서는 군청의 죽을 끓여 나눠 주는 구휼소에서 먼 길을 걸어 찾아온 사내가 죽을 목구멍으로 넘기지 못하고 죽었다. 옆에서 죽을 먹고 있던 그의 아내는 남편이 죽는 것을 보았지만, 먹던 죽을 다 먹고 나서야 곡을 하기 시작했다.

전라도는 농경지가 너른 곡창지대인데도 그에 따른 소작농과 빈농도 많아 기아와 전염병으로 사망자가 가장 많았다. 봄부터 보리와 밀 농사를 이상 기후인 냉해로 이미 그르쳤고, 수수와 좁쌀도 여름의 극성한 병충해와 홍수로 다 망쳤으니 무서운 가을 겨울이 곧 찾아왔다. 그렇게 두 해 동안의 끔찍한 기근이 지나가고 있었다.

몽각 스님은 은적사에서 일년 반의 더부살이를 끝내고 수도처를 찾아 떠나기로 했다. 그는 함께 일하며 친해진 불목하니 처사에게서 이 고장의 여러가지 소문도 듣고 혼자 머물 만한 장소에 대해서도 알게 되었다. 몽각은 약간의 식량과 보리와 조의 씨앗이며 사기그릇과 토기 몇점을 얻어 지게에 짊어지고 절집을 떠났다.

그가 향한 곳은 옛날에 신선이 살다 갔다는 섬이었다. 처사는 절집에서는 별로 말이 없다가 가까운 뒷산 설림산이나 이웃 산인 월명산 할매산 등지로 나무를 하러 가면 옛날이야기를 곧잘 꺼내고는 했다. 그는 옥구 서면에서 태어난 토박이로 젊을 때는 어부로 고기를 잡으러 다녔다고 한다. 풍랑을 만나 일행이 모두 파도에 휩쓸려 죽고 혼자 살아남은 뒤에, 그는 절집으로 도망치듯 찾아와 얹혀산 지 이십년이 지났다.

내가 우연히 그 섬에 갔는데 거기는 참으로 신선이 살 만한 곳이라오.

처사는 몽각을 데리고 산 위로 올라가 멀리 보이는 옥녀봉에서 화산 봉수대까지 이어진 섬을 손가락으로 가리켰다.

섬이라곤 해도 썰물 나가면 시냇물 같은 만경 샛강 건너가 바로 그곳이오.

몽각은 한나절도 안 되어 섬에 도착했고 신선이 놀았다는 반쯤 허물어진 옛 정자에서 하룻밤 자고는 남쪽 끝인 화산 봉수대까지 가보았다가 서쪽 바다의 바닷바람을 담장처럼 막고 있는 숲과 아늑한 빈터를 발견했다. 바로 만경 샛강에서 활 한바탕 거리에 넓고 평평한 풀밭과 나무들이 드문드문 서 있었다. 그는 언덕 바로 아래 서 있는 우람한 팽나무를 보았다. 몽각은 어쩐지 눈시울이 뜨거워지며 울컥, 하는 느낌이 들었다. 저 나무와 저런 정경을 어디서 보았던가. 길에서 식구들과 헤어지던 때의 훨씬 전에 어려서 서툰 걸음으로 큰 아이들 뒤를 쫓던 큰 나무 아래가 떠올랐다. 남자 어른들은 머리에 삼베 건을 쓰고 돗자리를 깔고 제상을 폈고, 엄마와 다른 아낙네들이 시끌벅적 웃어대며 음식을 날랐다.

몽각은 정자에 놓아두었던 살림살이 지게를 져다 팽나무 아래 부려놓았다. 그로부터 며칠 동안 그는 나무에서 스무발짝쯤 떨어진 곳에 호미로 땅을 파고 흙이 무너지지 않도록 안벽을 쌓고 위로는 소나무 가지를 베어다 띠풀을 엮어 지붕을 얹어 움막집을 지었다. 곰솔이 우거진 산언덕 아래 샘도 팠고 부지런히 밭을 갈고 씨를 뿌리고 살아가기 위해서 땀 흘리며 일했다.

삼년이 지나가자, 그는 옥녀봉 화산 일대는 물론이고 만경강 상류와 아득한 갯벌을 지나 동진강 하구와 부안, 변산까지도 왕래하게 되었다. 그는 절집에 있을 때처럼 하안거 동안거 수행과 조석 예불을 드리지는 않았다. 삭발했던 그의 머리털은 마구 자라서 어깨를 덮었다. 그리고 언제부터인가 갯벌에 나가 조개를 캐고 짱뚱어나 낙지를 잡고 게를 잡았다. 물론 먹기 위해서였다. 철마다 보리와 조는 잘 자랐고 초여름과 가을에 수확했다. 그는 나무와 돌과 진흙으로 지붕과 벽을 세우고 방을 만들어 움집이 아닌 초가삼간 집을 지상에 지었다. 몽각은 이미 수도승이 아니었다.

 그는 어느 가을날 잘 익은 주황색 팽나무 열매가 가지마다 잔뜩 열려 있는 걸 보았다. 몽각은 이전에 한번도 그 열매를 먹어본 적이 없어서 땅바닥에 떨어진 것을 몇알 집어 먹어보고는 깜짝 놀랐다. 생김새는 작은 살구처럼 보였으나 맛은 시지 않고 곶감처럼 은근한 단맛이 났다. 과육 부분은 작고 씨앗은 커서 먹을 게 별로 없다고 여겼지만 몇알을 한번에 입속에 털어 넣고 우물거리면 제법 큰 과일을 먹은 듯한 만족감이 느껴졌다. 그는 대나무 장대를 꺾어다 나뭇가지를 흔들고 두드려서 한 바구니를 따놓고 먹었는데, 그해 겨울에 먼 곳에서 날아온 새들이 열매를 따 먹는 모양을 보고는 미안해졌다. 몽각은 팽나무를 숲의 빈터에 퍼트릴 생각으로 열매 몇개의 과육을 벗겨 먹고 딱딱한 씨앗 알맹이를 축축한 모래땅에 구멍을 내고 묻었다. 그 뒤로 잊고 있었는데 이듬해 봄에 풀 같은 어린 싹이 텄고 여름에는 한해살이풀처럼 자라났다. 다시 몇해 뒤에는 한그루만이 살아남았다. 몽각은 그 풀이 하나의 나무 모양을 하고 제 키만큼 자랐을 때, 잎을 따서 높다란 고목 팽나무의 큰 가지 위에 올려주며 중얼거렸다.

할매, 이것이 당신 자식이라오. 내가 키웠어요.

몽각은 이 빈터의 오랜 주인이었던 고목에게 자기도 한 식구가 되었다는 걸 알리고 싶었다.

지난해에 파종한 보리의 싹이 이른 봄부터 자라고 초여름에 보리 수확하고 나서 조를 뿌리면 모래 섞인 땅에 강아지풀이 번성하듯이 서숙 조가 탐스럽게 자라났다. 혼자 농사지어 저를 먹이는 살림이라 언제나 조금씩은 남아서 굶주릴 일은 없었다. 더구나 밖으로 나가면 한쪽으로는 밀물 썰물이 오가는 샛강 하구요 또 한편은 백여리 이어진 갯벌이라 지천에 먹을 것들이 널려 있었다.

만경강 하구의 심포에는 고기잡이 어선이 모여 있었고 동진강 하구의 계화도에도 어선들이 드나들었다. 영광 법성포에서 모인 세곡선 선단이 변산반도를 돌아 군산 열도 앞바다를 지나 금강 하구로 나오는 강경 선단들을 만나고, 멀리 강화 한강 수로를 올라가 마포와 용산에 이르는 것이 호남에서 서울로 오르는 해로였다. 몽각은 화산 봉수대 앞 갯벌까지 오르내리며 갯것들을 줍고 잡았는데, 그때만 해도 갯벌에는 인적이 별로 없었다. 아마도 강을 거슬러 올라가서 경작지가 있는 마을 사람들은 자기네 사는 고장 부근에서도 얼마든지 물고기나 바다의 먹거리를 취할 수 있었을 것이다. 농한기가 되어야 가끔 아녀자들이 조개와 굴이며 해초를 따러 갯벌에 나오는 것을 먼발치서 볼 수 있었다. 그들은 서로가 멀리 떨어져 있어 한두개의 점으로 보였다.

  몽각은 대나무 살을 구부리고 묶어서 깔쿠리를 만들어 조개를 캐는 데 썼다. 다섯해가 지나면서 몽각은 혼자서 샛강 하구에 돌담을 쌓고 수문을 만들어 돌 어살을 만들었다. 옥구현의 장날에 나갔다가 우연히 만난 어느 촌 늙은이로부터 말로만 들었던 것을 그대로 해보았다. 독살은 이를테면 물고기 함정이었다. 밀물이 들어오면 물고기들은 물길을 따라 돌담 안으로 들어왔다가 물이 빠지면 나가려고 수문에 몰리고 그 앞에 쳐둔 대나무 발에 걸리게 되어 있었다. 밴댕이, 우럭, 숭어, 농어가 잡혔고 꽃게 참게도 많이 잡혔다. 그는 처음에는 먹을 만큼만 가져가고 나머지는 너른 바다에 놓아주곤 하였다. 살림에 꾀가 나자 이들 물고기를 말려서 새끼에 꿰어 장날에 가지고 나가 팔아서 다른 물건을 사왔다. 그는 이제 홀아비 어민이 된 셈이었다. 몽각은 그렇게 봄 여름 가을 겨울을 농사짓기와 푸성귀 기르기며 갯것 채집과 고기잡이의 물때를 가늠하며 살아갔다. 그냥 자기를 먹이기 위해 일하며 사는 재미가 있었다.

 혼자서 몇해를 살아오면서 몽각은 혼잣말을 하는 버릇이 들었다. 얼마 동안 그는 말할 상대가 없으므로 말할 필요가 없어서 입을 다물고 머릿속으로 중얼거렸다. 생각으로 중얼거린 말은 거품처럼 목구멍 안으로 삼켜져 사라지곤 했다. 그러다 머리에서 목구멍 속으로 넘어가버리던 말 상대의 자기를 밖으로 끄집어냈다. 어느샌가 말이 밖으로 나와버렸다. 아! 날씨가 참 좋구나,라든가 어휴 배고프다 뭔가 먹어야지, 오늘은 주변이 지저분하니 청소 좀 해야겠다, 등의 말을 중얼거리다가 또 하나의 보이지 않는 자기 자신이 앞에 있다고 여기게 되었다.
 야 몽각, 오늘은 독살을 고치러 가야겠다.
 아니야, 오늘은 원래 조밭을 매야 하지 않나? 장마 끝에 잡초가 무성해졌던데.
 내가 하려는 말이 바로 지난 장마철 얘기다. 샛강이 큰물 넘치고 나서 독살의 한 모퉁이가 무너졌단 말이야. 그걸 고쳐야겠어.
 아무렴, 네 맘대로 하려무나.
 그렇게 주고받다보면 정말로 자기가 안과 밖에 나뉘어 있는 것처럼 느껴졌고 하루가 좀더 길게 느껴지기도 했다. 밥을 차려 먹을 적에도 그는 반찬 투정도 주고받고 지난 일과 앞으로 일어날 일에 대해서 또 그 잘잘못에 대하여 다투기도 했다. 몽각은 또다른 몽각과 그렇듯 잘 지내고 있었다.

북풍이 몰아치던 초겨울에 그는 갯벌에 나갔는데 밀물 때를 잊고 늦게 나오다가 가슴까지 잠길 정도의 파도를 헤치며 걸어 나와야 했고, 그날부터 심한 고뿔에 걸려버렸다. 그는 돌보아줄 사람도 없이 아궁이에 불 넣어줄 이도 없이 혼자 냉방에 누워 짚을 넣은 삼베 이불을 덮고 덜덜 떨며 열에 들떠서 앓는 소리를 냈다. 한 사나흘 죽도록 앓고 나서 어느 날 새벽에 그는 잠에서 문득 깨어났다. 몽각은 두 눈을 떴을 뿐이었다. 그는 그대로 누워 있었는데 보통 때처럼 말을 걸던 저쪽 상대 몽각이 사라졌다. 그리고 말을 걸려던 이쪽 몽각마저 사라졌다. 몸은 여기 있는데 몸의 주인이라던 나는 어디로 갔나. 나는 없어져버렸다. 그는 앓다 일어나서 허청허청 나무 쪽문을 열고 오두막 밖으로 나갔다. 그리고 겨울에는 언제나 그랬듯이 모든 잎을 떨구고 구불구불한 가지를 사방으로 뻗치고 가지 사이로 지나가는 바람 소리만 내고 서 있는 팽나무를 올려다보았다. 그는 걸어가서 나무 둥치에 등을 대고 가만히 앉아보았다. 나는 없다. 나무도 풀도 물도 바람도 돌도 모두 나와 같다. 지금 여기에 모두 다 그냥 있다. 서로가 무심하고 편안하다.

　몽각은 섬에 들어온 지 십년이 지나서야 수도자로 다시 돌아왔다. 그는 끝없는 갯벌을 향하여 아주 멀리까지 걸어 나갔다. 아무런 생각 없이 터벅터벅 걸었다. 온몸이 바람처럼 가벼웠다. 무엇인가 많은 것이 빠져나가버렸다. 지나치게 먹은 음식물의 찌꺼기가 오물이 되어 뱃속에 남아 있는 것처럼 수많던 생각의 무게가 사라져버렸기 때문이다. 몽각은 강의 하구에 있던 독살을 허물고 갯가의 사방에 흩어버렸다. 그러나 돌들이 원래 있던 제자리를 찾아간 것은 아니었다. 그는 오두막으로 돌아와 다시 팽나무 아래 앉아서 결가부좌하고 참선에 잠겼다. 하늘에서 구름이 여러가지 형상을 만들고 모였다가 흩어지고, 다시 모였다가 흩어지며 흘러갔다. 모든 것이 그러하리라.

　다시 십년이 세번쯤 지나가자, 그의 몸은 노쇠했다. 머리는 백발이 되었고 허리는 굽었으며 팔다리는 앙상했다. 어느 화창한 봄날 오후에 몽각은 천천히 갯벌로 걸어 나갔다. 썰물이 진 모래 갯벌은 따스하고 촉촉했다. 발가락 사이로 모래가 비집고 올라왔으며 부서진 작은 조개껍질의 조각들이 따끔따끔 발바닥을 건드렸다. 해는 아직 서쪽 하늘 높이 떠 있었다. 몽각은 그날 오전에 갑자기 가슴이 찢어지는 것 같은 통증을 느꼈다. 그는 숨이 막히고 현기증이 나서 새우처럼 허리를 접고 머리를 무릎 사이에 박고 모로 쪼그려 누운 채로 오랫동안 집 앞 마당에 쓰러져 있었다. 몽각은 자기 몸이 곧 무너지려 한다는 것을 알았다. 그는 한 차례 통증이 지나간 뒤에 비틀거리며 일어나 팽나무에게로 갔다.

나보다 먼저 있고 나중에 없어질 할매여, 이제 내가 먼저 없어지네.

그는 한때 그가 부지런히 잡아서 먹고 몸의 일부분이 되었던 것들에게 자신을 보시하고자 했다. 그래서 비틀거리며 갯벌로 나온 길이었다. 섬의 서쪽 능선을 넘어가면 곧 수라 갯벌이었다. 그는 갯벌과 아득하게 멀리 밀려나간 바닷물의 중간쯤 자리를 잡고 앉았다. 바닷바람이 부드럽게 그의 머리털을 날리고 얼굴을 간지럽혔다. 그는 눈을 가늘게 뜨고 먼 곳에서 햇빛을 받아 반짝이는 윤슬을 바라보았다. 해가 차츰 수평선 쪽으로 떨어져 저녁노을이 온 하늘에 붉게 번져가기 시작했다. 몽각은 그의 이름처럼 꿈에서 깨어나서 꿈으로 다시 돌아갔다. 그는 잠들었고 달이 떴다. 깊은 밤이 되어 바닷물이 조용히 밀려 들어왔고 그의 몸은 물에 잠겼다. 아마도 파도가 그를 조금 더 육지 쪽으로 밀어냈을 것이며 달이 지고 다시 새벽의 썰물이 나가자, 부근의 작은 모래 구멍에서 기어 나온 칠게들이 그의 주검에 몰려들었다. 칠게의 떼가 그를 덮어버렸다. 바다는 다시 밀물과 썰물을 반복했다.

4

　사람은 감히 헤아려볼 수도 없는 머나먼 수만리 남쪽의 바다를 건너서 작은 새의 무리가 날아왔다. 아홉 날이 넘도록 쉬지도 먹지도 않고 줄곧 날아오다 큰 바다에 떨어져 죽는 가엾은 새들도 있었지만, 살아서 도착한 것들도 몸무게가 절반 이상 줄어들 정도로 쇠약해져 있었다. 새떼는 조선의 남서해안 하구를 향하여 날아왔고 드넓은 갯벌에 내려앉자마자 쉴 틈도 없이 갯벌 생물들을 쪼아 먹기 시작했다.

　도요물떼새들은 봄에 북동 시베리아의 번식처를 찾아갔다가 가을에 남쪽으로 태평양을 건너 적도를 지나 호주로 가서 월동하는데, 오며 가며 조선반도의 남서해안 갯벌에서 짧게는 보름 정도부터 길게는 한달 반쯤 쉬면서 기력을 보충하고 지나갔다. 도요물떼새의 이름과 종류가 많으니 대개는 털 색깔과 부리의 모양으로 구분했다. 털 색깔은 새들의 사는 곳과 주위 환경과 번식기에 따라 달라지고, 부리가 각기 다르게 생긴 것은 먹이를 달리하여 같은 장소에 모이더라도 심한 경쟁을 피하려는 것이겠다.

도요새가 갯벌에 모여들기 시작하면 수만마리가 구름 같은 무리를 이루었다. 사람이 그들을 구분하여 나라마다 지방마다 이름 짓기를 달리하건만, 도요새 무리는 크고 작은 것들이나 깃털 색깔이 달라도 한데 어우러져 갯벌의 이곳저곳에 나뉘어 자리를 잡는다. 이를테면 큰 새는 마도요, 알락꼬리마도요, 중부리도요, 큰뒷부리도요가 있고 중간 크기로는 붉은어깨도요, 넓적부리도요, 검은가슴물떼새가 있으며 작은 것들로 좀도요, 깝작도요, 꼬까도요, 꺅도요, 꼬마도요 등이 있다. 금강, 만경강, 동진강이 곡창지대 가운데로 흘러 서해안의 서로 가까운 지역에 드넓은 하구와 갯벌을 이루어 온갖 해산물의 낙원이 되었다. 갯지렁이, 고둥, 가재, 게, 새우, 조개, 굴, 낙지, 문어는 물론이고 김, 파래, 감태, 미역, 톳 따위의 해초 등속이 어울려 살았다. 크고 작고 단단하고 연하고 생김새와 맛과 종류가 모두 달랐으니, 수만마리의 새들도 제각기 좋아하는 먹이를 찾아 무리를 지어 날아다녔다. 큰 도요새들은 썰물이 밀려 나간 해안 경계의 먼 끝까지 날아가 얕은 물속을 부리로 헤집고 천천히 걸어 다니며 먹이를 찾고 좀도요나 깝작도요, 꼬마도요 같은 작은 도요새 무리는 넓게 드러난 갯벌을 종횡무진 빠르게 뛰어다니며 먹이를 잡았다.

매나 황조롱이가 허공에 떠서 살피다가 도요새 무리 가운데로 급강하하면 새떼는 일제히 물처럼 갈라져 그들이 지나갈 길을 만들어주고는 반대 방향으로 날아올랐다. 도요새떼가 한꺼번에 날아오르면 마치 너울대는 구름같이 보였다. 긴 자루처럼 늘어졌다가 동그란 원형이 되었다가 타원이 되었다가 무리가 둘로 셋으로 흩어졌다가 다시 뭉치고는 했고, 높이 올랐다가 갯벌을 스치듯 낮게 나르다가 방향을 바꿀 때 배와 가슴털이 희고 밝게 드러나면서 전체 무리의 색이 변하기도 했다.

알락꼬리마도요와 마도요는 다리와 부리가 도요새 종류 중에 가장 길고 털 색깔과 날아가는 모양도 비슷해서 꼬리의 색으로 구분한다. 마도요의 등은 속 털이 흰 바탕에 알록달록한 갈색이며 몸의 아래쪽 배에서 허리까지는 백색이어서 날아갈 때 올려다보면 하얀 새처럼 보인다. 날아가면서 검은 줄무늬가 있는 꼬리를 펼치면 무늬 있는 흰 부채처럼 보였다가 지상에 내려와 꼬리를 접으면 온몸이 땅과 비슷한 진갈색 점박이가 된다. 날개를 펼치고 날아가는 모양을 보면 마치 작은 학과 같고, 얕은 물가를 걷는 모양이 점잖고 여유가 있어서 많은 무리를 이루고 있을 때도 별로 시끄럽거나 분주하지 않았다. 알락꼬리 마도요, 마도요, 붉은어깨도요, 꼬까도요, 좀도요 같은 크고 작은 도요새 무리는 시베리아 동북방으로 날아갔고, 도요새들은 제각기 본능에 따라 오호츠크 바다 연안이나 사할린, 캄차카반도 그리고 알래스카만까지 날아갔다. 아무르강 하구는 드넓은 초원과 샛강과 습지가 끝없이 펼쳐졌고 먹을 것이 풍족하여 철새들이 번식하러 찾아오는 곳이었다.

어느 해 마도요 무리가 태평양 남쪽 호주 해안에서 수만 리를 날아 조선반도의 금강, 만경강, 동진강 갯벌에 도착하여 실컷 먹이를 잡아먹으며 쉬고, 다시 출발해서 아무르강 하구에 도착한 것이 유월 중순 무렵이었다. 이 무렵은 그들이 머물러 살던 호주 북방 해변과 거쳐온 조선반도 남서해안과 같이 극동 시베리아에 서늘한 초여름날이 시작되는 때였다. 도요새들은 이를테면 서늘한 초여름 날씨를 찾아가 알을 낳고 키우고 이동하면서 평생을 보냈다. 마도요 한쌍은 아무르강 하구의 너른 초원에 나뭇가지와 마른 풀을 물어다 작은 바구니 같은 둥지를 지었고, 암컷 마도요가 황갈색에 모래를 뿌린 듯한 얼핏 보면 자갈돌 같은 알 네개를 낳았다.

그들 주위에는 출발지에서 함께 날아온 백여마리의 도요새 무리가 있었고 하구의 곳곳마다 여러 무리가 모이고 흩어지며 수만마리의 새들이 어울려 살았다. 이들 무리가 자리 잡은 초원은 너른 강의 한가운데 생겨난 모래섬으로 저절로 작은 나무와 풀이 자라난 곳이었다. 어디에나 천적이 있기 마련이지만, 무엇보다 사람의 마을이 없는 곳이며 뱀이나 여우 너구리 같은 알 도둑과 새끼를 훔쳐 갈 만한 동물은 없었고 접근하기도 어려웠다. 다만 까마귀라든가 갈매기 종류의 새들이 갓 태어난 새끼를 물어 가는 경우는 가끔 있었다. 철새 무리를 따라다니는 맹금류들도 하구에 날아오기는 했지만, 내륙의 숲 근처에 먹이가 많아서 어쩌다 나타나는 편이었다. 이곳을 번식지로 선택한 먼 조상 도요새들도 그런 점을 알고 있었을 것이다. 여름철의 하구에는 어디나 먹을 것이 널려 있었다. 초원의 축축한 땅과 이끼와 풀과 관목에 사는 작은 애벌레들과 지렁이, 장구벌레, 구더기와 얕은 물의 송사리, 올챙이 따위가 멀리 날아다니지 않아도 하구 어디에나 지천이었다.

도요새 부부는 교대로 알을 품었다. 알이 깨기 전 며칠은 암컷이 꼼짝하지 않고 알을 부드러운 앞가슴 털과 날개로 감싸고 둥지에 앉아 있었다. 수컷은 그동안 부지런히 먹이를 물어다 암컷에게 주었다. 이십여일쯤 지난 어느 날 알에 금이 가고 새끼 새의 머리가 나왔다. 첫째답게 스스로 알을 쪼아 밖으로 나온 새끼는 부리를 쳐들며 먹을 것을 달라고 주둥이를 쫙 벌렸다. 어미가 그 암컷을 옆으로 밀치고 금이 가기 시작한 다른 알들을 쪼아주기 시작했다. 차례로 벌거숭이의 새끼 세마리가 태어났다. 어미 마도요는 새끼들이 알에서 모두 깨어나자, 날개를 펼치고 몇번 기지개를 켜고는 하늘로 날아오르더니 멀리 날아가서 다시는 돌아오지 않았다. 암컷 마도요가 떠난 뒤에 수컷 마도요만 둥지 부근에 남아 새끼들에게 먹이를 잡아다 먹였다. 도요새 새끼들은 성장 속도가 빨랐다. 새끼들이 알에서 깬 지 보름쯤 지났을 때 수컷도 하늘로 날아오르더니 멀리 날아가버렸다.

  이제 둥지 안에는 새끼 마도요들만 남았다. 첫째 마도요 새끼는 둥지에서 날개를 펴고 휘저어보고는 하늘로 날아올랐다가 축축한 이끼 벌판으로 날아가 벌레를 찾아 부리로 쪼아 먹기 시작했다. 다른 새끼들도 둘째 셋째 넷째까지 모두 둥지를 떠났다. 그들은 서로 아랑곳하지 않고 각자 이끼 벌판이나 물가나 풀밭에서 기어다니는 벌레들을 실컷 잡아먹었다. 번식을 마치고 새끼들을 독립시킨 어미

아비 도요새들은 이미 뒤도 돌아보지 않고 아무르강 하구를 떠났다. 비슷한 시기에 새끼를 낳은 철새들이 어디선가 다가오고 있는 겨울을 피하여 먼 남쪽 월동지로 떠나고 있었다. 얼마 전부터 그들은 새끼들을 떼어버리고 긴 여행을 떠나기 위해 열심히 먹이를 잡아먹었다. 내장을 줄이고 비운 공간을 지방으로 가득 채우고는 그것을 태워 몇날 몇밤을 먹지도 쉬지도 않고 날아갈 수 있었다. 부모 새들이 먼저 남쪽으로 여행을 떠난 뒤 팔월 중순쯤에 억척스럽게 먹이를 실컷 잡아먹고 털갈이까지 마친 새끼 새들은 사방에서 모여들었는데 한 무리가 백여마리 정도 되었다. 강의 한가운데 있는 모래섬의 풀밭에 모여 앉아 있다가 누가 정한 것도 아니고 '삐이 삐이 삐릿' 하며 울더니 온통 시끄럽게 울부짖는 소리와 함께 하늘로 날아올라 무리를 지어 허공으로 높이 올라갔다. 먼 하늘의 북쪽 어느 곳에선가 바람이 불어왔고 마도요 새끼들은 그 바람 위에 올라탔다. 그리고 날개를 저으며 남쪽으로 햇빛을 향하여 날아갔다. 이제 아무르강 하구에서 태어난 그 씩씩한 암컷 마도요를 첫째라고 이름 지어 부르면, 수천수만마리의 새들 가운데서 하나의 마도요가 세상에서 보이기 시작할 것이다. 첫째는 황해 연안 조선의 갯벌까지 여섯날 만에 도착했고 한달 가까이 원기를 비축한 뒤에 수만리 태평양을 건너 호주 해안까지 아홉날을 날아갔다.

 첫째는 월동지에서 한두해 평온한 나날을 보내고 이제 본능적으로 짝을 만나고 새끼를 낳아야 한다는 느낌이 일어났다. 그리고 자기가 태어난 아득한 과거의 머나먼 어느 장소가 떠올랐다. 그곳의 바람과 냄새와 안개와 비바람이 첫째의 날개를 들뜨게 했다. 끝없이 펼쳐진 해변을 따라서 백여마리씩 무리 지은 도요새들이 군데군데 모여들었다. 새들은 어딘가 좀 들뜨고 흥분한 것처럼 보였다. 그들은 해가 뜨고 지는 시각의 차이와 바람의 방향이 바뀌는 것이며 날씨의 변화를 온몸으로 느끼고 있었다. 그리고 새들은 제각기 털갈이를 했고 갑자기 왕성한 식욕을 보였다. 도요새들은 맹그로브 숲과 갯벌을 왕래하며 하루 종일 먹기만 했다. 가슴과 배에 기름이 차오르고 내장이 가볍게 축소되었을 때 그들은 이동 준비가 끝났다는 것을 느꼈다. 몇마리가 허공으로 날아오르면 무리는 일제히 따라 올라 하늘을 몇바퀴나 선회하고는 내려앉기를 거듭했다. 도요새들은 여행을 떠나기 전에 집단적인 훈련을 하는 것처럼 보였다. 드디어 어느 아침 먼동이 터오자, 백여마리의 도요새 무리는 일제히 날아올라 북동쪽을 향하여 날아가기 시작했다. 너른 하늘마다 이동하는 새의 무리가 곳곳에 보였다.

  마도요 무리는 말레이시아 반도를 엇비스듬히 가로지르고 남중국해를 지나 중국의 동부 해안 지대를 따라 오르다가 황해를 비스듬하게 건너면서 조선반도의 긴 남서해안에 당도하는 여정을 따라 날아갔다. 겨울에 동북아시아의 북쪽에서 불어오던 북동풍이 봄이 되면서 남서풍으로 바뀌었다. 새들은 하늘 드높이 올라 날개 아래 흘러가는 바다와 섬의 익숙한 지형과 태양의 위치로 정확하게 방향을 잡아 날아갔다. 그들은 바람의 뒤를 따르는 것처럼 날개를 휘젓다가 펼친 채 미끄러지듯 가다가 몇번 날개를 치는 동작을 반복하면서 날아갔다. 낮에는 태양이 밤에는 달과 별이 방향을 알려주었고 흐리고 어두운 날과 밤이라도 새들의 머리와 부리를 어떤 힘이 이끌었다. 멀리 뭉게구름이 보이면 비켜서 날아가고, 때로는 섬 위에 떠 있는 구름을 만나면 속으로 헤치고 들어가 상승기류를 타고 위로 높이 솟아올랐다가 미끄러지듯 수십리를 힘들이지 않고 날았다. 낮은 층운이 보이면 구름 속을 뚫고 날아올라 위로 파란 하늘과 아래로 솜이불이 펼쳐진 듯 평온한 하늘을 오랫동안 날았다. 먼바다에 검은 비구름이 길게 늘어서 있으면 낮게 날아 먼 길을 돌아서 갔다. 가끔 비가 내리고 천둥번개가 치는 무서운 하늘을 날아갔고 우박이 새떼를 후려치기도 했다. 그럴 때 힘이 빠진 새들은 폭풍에 휩쓸리고 바다에 떨어져 높은 파도 속에 사라져갔다. 그래도 첫째 마도요는 힘껏 날개를 퍼덕여 마침내 험한 곳을 벗어나곤 했다. 동중국해 연안을 지날 때 날씨가 평온해졌고 뒤에서 불어주는 남동풍도 훈훈했다. 도요새처럼 먼바다를 건너고 대륙을 넘는 철새들은 날아가면서 아주 잠깐씩 얕은 가수면 상태가 되었다. 한 방향을 잡아 몇시간이고 직선으로 바람을 타고 날면서 새들은 졸았다. 그러나 날아가는 동작이 흐트러지거나 아래로 떨어지지는 않았다. 반쯤은 깨어 있기 때문이었다. 삐이 삐이 삐릿! 어느 새가 울부짖었는지 잇달아 다른 새들도 시끄럽게 소리를 질렀다. 조선반도의 섬들이 보이기 시작한 것이다.

마도요 무리는 곧 만경강과 금강 하구에 이르렀고 갯벌에 내려앉기 시작했다. 첫째는 수라 갯벌에 내려앉자마자 썰물이 나간 모래 위에서 사방으로 흩어지는 칠게를 잡기 시작했다. 미처 구멍 속으로 들어가지 못한 작은 칠게들이 달아나는 것을 긴 부리로 집어 빠져나가지 못하게 꽉 물고, 땅바닥에 몇번 문질러 다리를 떼고 부리를 쳐들어 게의 몸통을 부리 중간까지 고쳐 물었다가 재빨리 입속으로 집어넣었다. 그러고 나서 떨어진 게의 다리를 하나씩 부리로 집어 천천히 빠짐없이 먹어치웠다. 조금만 발을 떼면 아직도 구멍을 못 찾은 칠게들이 보였고 또 잡아서 흔들었다. 웬일인지 부근에 칠게의 구멍이 너무 많아서 부리를 비스듬히 넣기만 하면 게가 걸려들었다. 첫째는 어두워질 때까지 갯벌에서 칠게를 배가 터지도록 잡아먹었다. 칠게들은 바로 그즈음 몽각의 해체된 유기물로 큰잔치를 만났던 게의 무리였다. 첫째 마도요도 그랬고 그와 더불어 바다를 건너온 다른 마도요들도 굶주린 배를 실컷 채웠다. 해가 바다 너머로 떨어져 어두워지니 마도요들은 화산 봉수대 근처 풀밭이나 샛강 건너 습지에 날아가 쉬었다. 첫째는 이튿날 새벽 동이 트고 해가 높이 떠오를 때까지, 갈대 숲속에서 다리를 접고 가슴을 땅에 붙인 자세로 목을 구부려 포근한 어깨 털에 머리를 묻은 채 깊은 잠에 빠졌다. 첫째는 이제 기진맥진한 몸을 추슬러서 많이 먹고 푹 쉬어야 북방의 번식지에 가서 튼튼한 짝을 만나 알을 낳고 새끼를 남길 수 있게 될 것이다.

첫째는 아무르강 하구에 날아가 제 어미처럼 튼튼하고 부지런한 수컷을 만났고 알을 셋 낳았다. 그리고 다시 수라 갯벌 들러서 월동지로 돌아갔다가 한해 쉬고 또 같은 행로를 오고 갔다. 열살이 넘은 어느 해 팔월 말, 이 도요새는 이전보다 좀 늦게 아무르강을 떠났고 금강 하구와 만경강 하구 사이의 수라 갯벌에 도착했을 때, 마침 북상하는 태풍과 만났다. 하늘은 온통 검고 짙은 구름으로 가득 찼고 바람은 갯벌 앞 언덕 위의 곰솔 숲을 모조리 뽑아버릴 듯이 아우성을 치며 폭우가 쏟아지고 있었다. 새들은 날개를 펼친 채 움직일 수도 없이 종잇장처럼 날아갔고 간신히 폭풍을 피한 새들도 미친 듯이 휘어지고 엉켜버린 갈대 사이에 죽은 듯이 엎드려 있었다. 첫째는 먼 길을 날아와 먹지도 못한 채로 갯벌 바닥에 떨어져 바위에 내동댕이쳐졌다. 정신을 잃은 새를 다시 바람이 후려쳐서 검은 파도 속으로 던져버렸다. 첫째는 뻣뻣한 다리를 접고 두 날개가 위아래로 벌려진 채로 물속의 갯벌 바닥에 처박혔다. 태풍이 지나간 뒤 밝은 햇빛이 언제 그랬냐는 듯이 바다 위에 반짝이는 물결을 만들었을 즈음, 수만리를 날아온 첫째 마도요의 깃털과 연약한 몸은 사라지고 앙상하게 삭은 머리와 갈비뼈가 마른 나뭇가지처럼 물살에 헤적이고 있었다. 부드러운 모래땅을 비집고 올라온 생합들이 껍질을 조금씩 벌리고 흔적을 남기며 돌아다녔다.

5

 바닷물이 밀려 나가자, 사람들이 호미로 갯벌을 긁어 생합을 캐냈다.
 팽나무가 서 있는 빈터에는 나무의 나이가 거의 삼백살쯤 되었을 무렵부터 사람들이 들어와 살기 시작하여 삼십여호 가까이 되는 어촌 마을을 이루게 되었다. 조선에서 가장 너른 곡창지대의 끝자락까지 굳이 찾아 들어온 사람들이었으니, 이들은 아마 이 고장 농민들보다는 더 먼 곳에서 먹고살 길을 찾아온 유민들이었을 것이다. 조선왕조 때 일본과 중국의 침략으로 두 차례의 전쟁이 있고 나서, 또다시 수십년에 걸쳐서 벌어졌던 대기근 시기에 유민들이 전국에서 발생했으니 대충 나무의 나이와 맞아떨어진

다. 당시로서도 하구와 갯벌로 분리된 섬이었던 오지에 백성들이 모여들어 마을을 이루었으니, 옛날보다 세상살이가 좀더 어려워진 때문이었다.

　사람이 들어와 살기 시작하면서 동네 이름도 생겼다. 옥녀봉 기슭에서부터 긴 구릉이 서쪽 해안에 이어져 있으니, 마치 바다를 막은 둑처럼 보였다. 야산 아래 몇 집이 모여 있어 상제라고 했으며 남쪽으로 좀더 내려와서는 중제라고 했다. 야산이라 하지만 사실은 낮은 언덕에 지나지 않았다. 동쪽으로는 만경강의 샛강이 바다로 흘러가면서 밀물 썰물 때마다 상류로 들어갔다가 하구로 빠져나가곤 했으며, 어선을 댈 수 있는 포구가 아래쪽에 있었다. 그 포구 마을을 하제라고 불렀다. 팽나무 두그루가 서 있던 빈터는 그때부터 하제라는 지명이 붙게 되었다.

　생합을 캐는 것은 하제 포구 마을의 아낙네들이었다. 남자들은 아버지와 아들 또는 형제끼리 둘씩 셋씩 작은 고깃배를 타고 연안 바다로 고기를 잡으러 나갔다. 여자들은 오전에 밭매고 점심 참 먹고는 어린 것은 들쳐 업고, 자란 아이들은 동네 큰 아이들에게 서로 맡겨두고 갯벌로 나갔다. 하제 마을 여자들은 갯벌에 나갈 때 입는 작업복이 마련되어 있어 속곳 위에 삼베 저고리와 바지를 입었고 어깨에 망태기 메고 한 손에 밭매던 호미 들고 집을 나서면

일터가 바로 앞마당이나 마찬가지였다. 황혼 무렵이 되어 신시도 무녀도 선유도 앞바다까지 나갔던 고깃배들이 하제 포구로 돌아왔고 아낙네들은 식구들을 위하여 저녁밥을 짓고 낮에 캐온 생합을 한 솥 삶거나 끓여서 채소 반찬과 함께 상 위에 올렸다. 집집마다 조기를 소금 간을 하여 말려서 굴비를 만들어 옥구현의 장터에 내다 팔았고, 움을 파고 항아리에 굴, 조개, 새우로 젓갈을 담가두었다가 가을에 객주에 내어 큰돈을 벌었다. 하제 포구에 가면 해물이 지천이어서 땅 없고 힘없는 백성도 조금만 노력하면 배도 장만하고 집도 지을 수 있다더라는 소문이 인근 지방에 널리 퍼졌다. 하제는 살기 좋은 포구 동네로 차츰 더 많은 사람이 모여들어 탈 없이 살아갈 수 있었다.

  다시 백여년이 지나 상제에서 중제 하제까지 인가가 늘어 집은 팔백여호에 주민은 삼천명이 넘게 되었다. 그들에게 농토는 반찬거리 푸성귀나 심어 먹을 밭 몇 뙈기뿐이었지만, 바다와 갯벌은 내륙의 너른 논밭에 견줄 만한 살림 밑천이었다. 주민들은 마을 앞에 공동 염전도 크게 만들었고 서남쪽 갯골에는 어살을 세군데나 쳐놓았다. 상제와 중제의 동쪽 갯가에 바닷물이 들고 나는 갯벌에 바닷물을 가두어 천일염을 만드는 염전이 두군데나 있어서, 한해 소금 생산이 이백만근에 달하여 현청에 내는 세금도 많았고 물

상객주의 배가 드나들었다.

 하제의 어살은 동네 사람들이 힘을 합하여 갯골을 따라 설치했는데 보름 간격을 두고 진행되는 물때에 따라 어물의 종류와 양이 달라지는 것을 모두가 잘 알고 있었다. 겨울과 여름에는 밀물과 썰물이 주기적으로 낮밤이 바뀌기도 하고, 겨울에는 가득한 물이 낮에는 멀리 빠지고 여름에는 밤에 물이 더 많이 빠졌다. 바닷물의 들고 남은 한물에서 열한 물까지 있는데 대개 여섯 물에서 아홉 물까지가 바닷물의 움직임이 세고 빠른 거친 사리여서 고기의 무리도 많아지고 움직임도 빨라진다. 이런 때에 어살을 잘 단속하고 채비하면 멸치와 잔 새우 떼를 잡을 수 있었고, 사람들이 가장 좋아하는 멸치젓과 새우젓이라 하여 늦가을 김장철의 질 좋은 양념거리가 되었다. 보통 늘 잡히는 밴댕이, 우럭, 숭어, 농어, 갈치 등속은 마을 사람들이 골고루 나누어 먹고 질 좋은 조기떼가 걸리면 말려서 염장 굴비를 만들어 객주에 내어 돈을 만들었다. 그러고도 남정네들은 가족 또는 친한 이웃끼리 밑천을 만들어 배를 지어 연안 어업에 나섰다. 이 고장 사람 중에 적어도 굶는 사람은 없었고 이밥에 비린 것을 먹지 못하는 집도 없었다. 쌀과 보리와 물고기와 채소는 언제나 넉넉했다. 이들 상제, 중제, 하제 마을 전체의 땅을 일컬어 '깨복쟁이 섬'이라 하였으니 그야말로 벌거숭이로 들어와도 신선처럼 살 만한 섬이라는 뜻이었고 관청 문서에는 '무의인도(無衣人島)'라고 적혔다.

언제부터 하제 마을에 당골네가 살았는지는 모르지만 아마도 하제의 지킴이 팽나무가 사백살 될 무렵이었을 것이다. 무당을 이 고장에서는 당골, 특히 여자 무당은 당골네라고 불렀다. 지금 서낭당 당집을 지키고 있는 고창댁이 마흔살이라는데, 그네의 증조 시할머니 때부터 당골판을 얻었다고 한다. 고창댁은 그 별호대로 고창이 고향이었다. 자근연이가 그네의 어릴 적 이름이었고 부모의 직업은 무업이었다. 자근연이는 딸 삼 자매 중의 맏이였는데 그네의 부모는 당골 부부라서 늘 굿을 하러 돌아다녀 집을 비우는 날이 많았다. 그래서 자근연이는 두 동생을 어릴 적부터 업고 재우고 먹이고 키우다시피 했다. 자근연이가 열두살이 되자 무당 엄마는 굿하는 사설을 가르치기 시작했고 시켜봐서 외우지 못하면 딸을 목침 위에 세워놓고 회초리로 매질했다. 자근연이는 굿판의 사설을 외우지 못하면 벌을 받으니까 죽기 살기로 외워서 거의 모든 과정을 외울 수가 있었다. 남도 지방에서 무당은 혈육으로 이어지므로 부모에게서 업을 물려받고 결혼도 같은 무당 집안끼리만

할 수 있었다. 자근연이가 열여섯살이 되자 부모는 그네를 옥구현 하제 포구의 당골네 집으로 시집보내기로 했다. 원래 작은 굿판은 제 동네 당골판에서 하지만 큰 굿판은 여러 당골이 모여서 할 때도 있고, 잽이와 악사는 서로 인원을 빌려주기도 하여 사방 수백리에 어느 당골이 있는지 훤히 알고 지내던 것이다. 어느 날 자근연이의 엄마가 그네를 불러 가만히 말했다.

너 이제 시집가야겠다.

어디루요?

어디긴 머 어디야. 니 서방 사는 데루 가야지.

자근연이는 그 말이 무엇을 의미하는지 곧 알아들었다. 시집 이야기는 작년부터 두 부부가 밥상머리에서나 마당에서 일하다 무심코 주고받는 말 가운데 몇번이나 들리던 소리였다. 아버지가 장에 다녀올 때마다 혼숫감을 준비하는 눈치더니 바로 그날이 왔다. 낯선 아저씨가 아침 일찍 집으로 찾아왔고 엄마는 자근연이에게 새 옷을 갈아입혔다. 아버지와 함께 길 떠나기 전에 엄마가 방 안에서 자근연이에게 큰절하는 법을 가르쳤다. 엄마가 말했다.

이제 나한테 절하고 가거라.

자근연이가 제자리에 주저앉듯이 천천히 절하고 고개를 드니 엄마는 이미 눈물이 흘러 소매로 뺨을 훔치고 있었다.

그래, 어여 가서 잘 살아라.

아, 뭘 해, 빨리 나오지 않구.

아버지가 방문 앞에서 재촉했다. 엄마는 이제 눈이 빨개져서 사립문 앞까지 따라 나오며 일렀다.

멀지 않은 데니, 언제든 니 시어머니가 허락하면 집에 오너라. 운 좋으면 굿판에서 만나게 될지두 모르겠다. 잘 살아.

자근연이가 아버지와 함께 낯선 아저씨를 따라 줄포 나루에서 노 달린 돛배를 타고 하제 포구에 닿은 것은 만조 물때로 날이 이미 어두워진 뒤였다. 시어머니는 상제, 중제, 하제까지의 당골판을 맡은 내림 당골이었다. 하제 당골은 마당에 화톳불을 훤하게 붙여놓고 마을 사람들 십여 명을 불러다 막걸리를 대접하는 중이었다. 자근연이와 아버지는 시어머니가 인도하는 대로 건넌방에 들어가 낯선 하룻밤을 지내고 이튿날 혼례를 치르게 되었다. 이른 새벽 동이 터오기도 전에 시어머니가 자근연이를 깨워 샘으로 데리고 가서 찬물로 목욕을 시켰다. 장만해 온 새 옷을 입히고는 제일 먼저 데리고 간 곳이 팽나무 아래 당집이었다. 기둥 넷에 토담벽 좌우 그리고 뒷벽만 있고 앞은 툭 터지고 위에는 그래도 기와가 얹힌 작은 외쪽지붕이 있었다.

마루처럼 판자로 짠 제상과 시렁이 있고 그 위에 하얀 사발 하나가 놓였다. 시어머니가 샘에서 길어 온 단지의 물을 사발 위에 붓고는 절하고 무릎 꿇고 두 손 마주 비비며 비나리를 올렸다. 시어머니가 시키는 대로 자근연이도 그렇게 했다. 시어머니가 말했다.

여기 당골판은 지금 내가 맡고 있지만, 나 죽으면 니가 맡을 것이니라. 우리 몸주는 저 팽나무 할매 서낭님이다. 철마다 이 원근 동네 길흉사에 굿치레를 다 해주어야 한다.

그리고 동네 사람들이 하얗게 몰려와 하루 종일 먹고 마시고 떠들썩하면서 혼례를 치렀다. 자근연이는 하제로 시집을 오자 금방 고창댁이라는 어른 이름이 생겼고 더 나이 먹으면서 하제 당골네로 불리게 되었다. 자근연이가 친정어머니에게서 사설을 모두 배웠다고 하니, 이제 굿놀이는 굿판 따라다니며 배우라고 시어머니가 말했다. 그것은 남도 세습무의 전통이기도 했다. 자근연이는 세월이 가면서 능숙하게 사설에 춤과 소리를 하고 북, 장구, 꽹과리, 징을 직접 치기도 했다. 원래가 굿판에는 삼현육각이라 사물 이외에 피리 젓대 가야금 해금 아쟁이 갖추어지는데, 악사들은 대개 큰 굿판에만 계를 통하여 연락하고 동원했다. 시어머니 당골네가 일찍 서방을 먼저 보내고 혼자가 되어 살았고, 며느리 고창댁도 서른살에 과부가 되었다. 그나마 아들 하나는 낳았길래 다행이었다. 자근연이는 남편을 만나던 첫날밤부터 어쩐지 그가 싫었다. 시커멓고 몸이 차갑고 매끈거리는 것이 꼭 파충류 같았다. 옆에 와서 눕기만 해도 너무 징그러워서 억지로 눈 꼭 감고 남편을 받아들였다. 그의 성은 배가요, 이름은 개동이었다. 집안의 내력으로 말하자면 남편 역시 장구나 북이나 쇠를 잡고 굿판에 나서야 하건만, 아내가 너무도 똑똑하게 모든 사설을 틀리거나 빼먹지 않고 엮어대는 데 비해서 그는 거의 짧은 경문 하나도 외우지 못했다. 그래서 그는 어선을 타고 바다로 나다니기 시작했는데, 시어머니는 진작 포기했는지 아들에게 잔소리 한번 하지 않았다. 개동은 포구 주막에 드나들고 멀게는 강경이나 변산에까지 나가서 달포씩 놀다가 돌아오곤 했다. 한번은 그가 주막에서 술 먹고 검은 피를 토했다길래 옥구 읍내까지 나가 의원에게 보여 진맥하니 간덩이가 부었다고 그랬다. 그래서 얼굴이 늘상 시커멓던 것인가 싶었다. 하여튼 배개동은 객사했다. 하제 마을의 동무가 죽은 녀석을 멍석에 말아서 배에 싣고 왔다. 그리고 몇년 안 가서 시어머니도 병나서 죽고 서른다섯에 고창댁은 상제 중제 하제 마을의 당골판을 맡게 되었다. 고창댁이 시어머니를 화산 아랫녘에 장사 지내고 돌아와 피로에 지친 몸을 뉘었고 깊은 잠에 빠졌다. 꿈에 흰머리에 하얀 치마저고리를 입은 할머니가 그보다 젊은 할머니와 함께 나란히 나타났다. 할머니가 말했다.

  네가 새로 온 아이로구나. 한가지 부탁이 있어서 왔다.

  무슨 부탁인가요?

  네 집을 옮겨주었으면 좋겠다.

  무엇 때문인지요?

  우리는 모녀간인데 너의 집이 우리를 갈라놓고 있구나.

  고창댁은 잠에서 깨어났고 날이 부옇게 밝아오고 있었다. 그네는 졸린 눈을 비비며 밖으로 나갔다. 그 집터는 원래 있던 집이 부서져 기둥과 서까래가 폭싹 주저앉아 있던 곳이었다. 집의 벽체도 한군데 남아 있었는데 돌과 흙으로 쌓아 올렸다. 지붕은 다 썩어 없어졌지만, 부근의 풀이나 볏짚으로 이엉을 얹었을 터였다. 고창댁은 오래전에 그 집터에 누가 살고 있었는지 몰랐지만, 옛말에 낯선 데서 새 집 지으려면 원래 사람 살던 땅이 좋다는 말은 들었다. 옛날 오래전에 몽각이라는 수도승이 여기서 혼자 살다가 갯벌에 나아가 스스로 칠게 밥이 된 사연을 그네가 알 리 없었다. 동네 대주님과 마을 장정 몇 사람이 나서서 폐가의 잡동사니를 말끔히 치우고, 그 자리에 방 두 칸에 부엌 달린 초가 한채를 지었다. 그게 지금 고창댁의 집이었다. 그리고 이 마을의 지킴이 서낭인 큰 팽나무 옆에 당집까지 지었던 것이다.

  고창댁이 꿈꾸고 나서 새삼 집 주위를 둘러보니 큰 팽나무와 작은 팽나무 사이에 자기 집이 있었다. 서낭님 나무는 제법 떨어져 있었지만, 작은 나무는 가까이 있어서 여름 한철의 뙤약볕을 막아주어 좋았다. 작은 팽나무라고는 했으나 큰 팽나무에 비하여 그렇다는 것이며 마을 사람들 얘기로는 이백오십살쯤 먹었을 거라고 했다. 오래 사는 고목으로서는 한창때라는 것이다. 고창댁은 자기 꿈에 서낭할머니가 직접 나타난 것은 하제 포구로 시집와서 처음 있는 일이고, 자기가 이제부터 하제 중제 상제 마을의 전체 당골판을 맡은 당골네로서 집을 옮기는 일은 중요한 일이라고 생각했다. 고창댁은 정월대보름과 봄가을로 마을 풍농 풍어를 비는 서낭굿의 대주인 이정과 의논하기로 했다. 이정은 일년에 봄가을로 나누어 두 차례씩 주민들로부터 보리와 쌀을 두세되에서 한말까지 거두어 당골네에게 굿판의 행하를 지불했다. 물론 소나 돼지 도축에서 제물 마련까지 모두 주민들이 추렴해서 감당했다. 마을굿의 대주 노릇을 하는 이정은 중늙은이로 아직 기운이 남아 있는 오십대의 선주였다. 그는 멀리 칠산바다까지 나가는 중선을 세척이나 가진 이 동네 부자였다. 상제 중제 마을에서 그와 버금가는 부자는 염전 주인들이었다. 고창댁이 이정에게 찾아가 팽나무 서낭이 꿈에 나타나 하던 얘기를 전하고 집을 옮겨 지을 것을 말하자 그는 흔쾌히 승낙했다. 마을 장정들이 우르르 몰려와 세간 옮겨놓고 집을 허무는 데 하루면 충분했다. 그들은 팽나무에서 왼쪽으로 비껴서 언덕 아래 당골네의 새집을 짓기로 했다. 그렇게 정하고 집을 짓고 나서 작은 나무와 큰 나무가 한 마당 안에 나란히 서 있는 모양이 보기에도 좋았다. 서낭 팽나무와 당집 앞은 넓은 마당이라 해마다 여는 굿판도 더욱 질펀하게 되었다.

고창댁의 아들은 열여덟살이 되었다. 어렸을 때 아비가 죽어 과부 어머니와 할머니 밑에서 자라난 소년이 되었다. 그의 아비가 배개동이었고 소년의 이름은 춘삼월 호시절에 낳았다 하여 춘삼이었다. 할머니와 고창댁이 번갈아 사설과 악기를 가르치려 했지만 춘삼은 죽은 아비를 닮았는지 사설은 한줄도 외우질 못했다. 대신에 악기에는 흥미를 보여 먼저 장구와 꽹과리를 손에 잡더니 한달이 못 가서 거의 모든 가락 장단을 통달해버렸다. 워낙 그쪽에 소질이 있었던 것이다. 근방에서 대처는 전라도 감영이 있는 전주요, 다음으로는 강경과 법성포였는데, 내륙의 전주보다는 오히려 해안 벽지 하제에서 보자면 배 타고 갈 수 있는 강경이나 영광 법성포가 훨씬 왕래하기 쉬운 곳이었다. 춘삼도 아비를 닮아 진득하게 집 안에 있지 못하고 인근 포구로 드나들기 시작했다.

   하제 마을에서 배를 몰기로 으뜸인 사람에 사공 유씨가 있었다. 그는 어려서부터 작은 돛배를 몰아 연안은 물론이고 법성 강경에서 멀리 어청도 흑산도까지 나다닐 만큼 바람과 파도를 가늠하고 행선하는 재간을 따를 뱃사람이 없었다. 유 사공은 바람과 물길을 보고 배를 모는 솜씨가 뛰어나 거북이라는 별명이 붙었다. 그는 고창댁의 남편 배개동과 어릴 적부터 하제에서 함께 고기 잡고 조개 캐며 자라온 불알친구였다. 그들은 어른이 되어서도 서로를 부를 때 거북아, 또는 개똥아, 하면서 친하게 지냈다. 동갑내기인데도 배개동은 어려울 때면 늘 유 사공을 찾아다녔다. 유 사공은 귀찮아하지 않고 배개동이 저지른 작은 말썽거리들을 처리해주곤 하였다. 그가 집을 나가 며칠간 돌아오지 않으면 고창댁은 유 사공에게 캐묻기 마련이었고 늘 조심스럽게 그를 공경하기를 친정 오라비 대하듯 했다. 집 나간 배개동을 수소문하여 그의 시신을 멍석에 말아 배에 싣고 온 것도 유 사공이었다. 춘삼은 어려서도 그랬지만 아버지가 돌아간 뒤에는 더욱 유 사공 아저씨를 삼촌이라 부르면서 따랐다. 하제 마을의 이정이 재산을 늘려 큰 기와집 한채 값이라는 중선을 건조해서 끌어왔을 때 제일 먼

저 찾은 사람도 거북이 유 사공이었다. 유 사공만큼 서해의 뱃길을 훤히 아는 뱃사람이 없었기 때문이다. 이제 이정은 중선급 어선인 당두리를 세척, 소 어선 야거리는 다섯척을 가지고 어민들에게 세를 받고 빌려주기도 했다. 유 사공은 이정네 어선단의 우두머리인 도사공이 되었다. 하제 선주는 강경에 직영 여각을 열게 되었고, 하제 마을을 떠나 가족을 데리고 강경으로 이사했다. 하제 포구에서 유 도사공이 어패류를 잡아 건조하거나 염장하여 강경으로 보냈다. 도사공은 아랫사람을 보내기도 했지만 대개는 한달에 두어번 강경으로 가서 선주를 만나 영업을 보고했다.

춘삼이 열여덟살을 넘기게 되자, 고창댁은 그를 장가보내기로 결심했다. 같은 당골 계에서 참한 며느리를 찾아 짝을 지어주면 마음이 안정되어 상제 중제 하제의 당골판을 물려받으리라고 생각했다. 아들이 잽이 노릇을 하고 며느리가 당골네가 되어 굿판을 벌이면 가산에도 도움이 크게 될 거였다. 춘삼은 어머니가 장가들어 가업을 이으라는 말을 꺼내자마자 집을 떠날 결심을 했다. 춘삼이 도사공 삼촌을 찾아가 강경으로 가서 새로운 살길을 찾겠노라 말하자, 그가 걱정스럽게 물었다.

너희 어머니는 어쩌라고 집을 나가냐?

어머니야 이 고장 당골네로 평생 굶을 걱정 없는데요.

너는 정말 당골을 물려받을 생각이 없냐?

나는 굿판에서 노는 건 신명 나지만, 사설 외우는 건 복잡하고 골치가 아파서 못하우.

뭐 해서 먹고살려구?

강경 나가면 장터에서 곁꾼 일만 하여도 밥이야 얻어먹겠지요.

도사공 아저씨는 한숨을 쉬고는 말했다.

평안 감사도 저 싫으면 못 한다는데, 난 모르겠다. 고창댁이 날 원망할 테니 그게 걱정이구나.

며칠 후, 도사공이 강경에 들어가는 날 춘삼은 새벽에 집을 빠져나와 배 대는 포구로 나갔다. 작은 봇짐 하나 없이 나타난 춘삼을 보고 유 도사공은 혀를 찼다.

허어, 그야말로 맨손 가출이로구나!

도사공은 그의 아비 개똥이 생각이 나서 뭐라고 말하려다가 입을 다물었다. 아들 없이 딸만 둘을 키운 그로서는 춘삼이 제 아들이나 다를 바 없다고 생각해온 터였다. 사내자식이라면 자기 하고 싶은 대로 해야 한다고 생각했다.

군산만을 거슬러 올라 물때에 맞추어 금강 하구로 접어들어, 야거리 배의 돛대를 펴고 강기슭을 따라 올라가니, 점심참이 되기도 전에 강경 포구에 닿았다. 포구에 내려 여각과 전방이 늘어선 주막거리로 들어섰다. 하제 선주의 여각은 길 앞쪽에 그야말로 주막을 열어놓은 집채가 있고 뒤로 돌아가면 숙소로 지은 방이 여럿 달린 일자집이 있으며 다시 그 뒤에 마구간과 창고가 이어져 있었다. 주막에서 도사공과 뱃사람 두 사람 그리고 춘삼이는 마루에 올라앉아 국밥 상을 받았다. 요기를 끝내고 선주를 만나러 안채로 가기 전에 도사공이 허리춤에서 주머니를 들추더니 엽전 열푼을 내주었다.

밥 먹을 일자리를 찾기 전까지 아껴 써라. 정 힘들 땐 여기 와서 내 얘기 하고 곁꾼 일이라도 하려무나.

춘삼은 이전에 강경을 두어번 다녀간 적이 있어서 주막거리 맨 안쪽의 장터로 찾아갔다. 한나절을 돌아다니다가 어느 건어물전에 들어가서 입을 떼어보았다.

여기 무슨 시킬 일이 없소?

여리꾼 아이가 픽 웃으며 말했다.

밑천은 있우?

춘삼이 얼뜨기처럼 말을 잃고 바라보자, 아이가 설명해주었다.

댁네 같은 이를 종종 보았소. 일거리를 찾는다고 여각에 가는데 거긴 도매상이라 곁꾼도 다 정해져 있다오. 우리네 같은 전방에선 일꾼을 따로 정해놓고 쓰진 않아요. 다만, 우리 물건을 떼어다 행상을 할 수는 있지요.

어디서 행상질을 할 수 있니?

춘삼이 물으니 여리꾼 아이가 말해주었다.

장날엔 가게 앞에 사람이 많으니 떼어다가 장터 입구에서 에누리하여 팔면 잘 팔립디다. 무싯날에는 인근 마을로 찾아가서 팔아보시우.

엽전 열푼을 내밀었더니 아이는 고개를 갸우뚱했다.

이 돈으로는 굴비 반두름, 열마리밖에 못 주겠는데요.

외상으로 안 되겠냐?

둘이 이렇게 흥정 중인데 안쪽에 앉았던 주인 할머니가 넘겨다보며 말했다.

한두름 내주어라.

그러고는 앞으로 걸어 나와 춘삼을 자세히 살피고는 말했다.

동냥 않고 일하겠다니 외상으로 주는 걸세. 내일 이맘때까지 다 팔아 오면 앞으로 물건을 대주겠네.

춘삼은 싹싹하고 적극적인 성격이라 굴비 한두름을 들고 북쪽 삼십여리에 있는 산골로 찾아가 이 마을 저 마을 다녔더니 한두름에 스무푼, 배의 이문을 남기고 팔았다. 그때부터 춘삼은 건어물전의 행상이 되어 지게에 건어물이나 소금을 지고 다니며 원근 동네를 돌아다녔다.

6

 유 도사공이 바닷바람에 잘 말린 건어물과 젓갈을 싣고 강경 포구에 들어간 어느 초가을 날이었다. 당두리 배에 선창 바닥까지 가득 싣고 갔던 화물을 모두 끌어내어 여각의 창고에 옮겨놓으니, 선주가 그를 찾았다.

 자네 청나라에 가본 적이 있다고 전에 얘기한 것 같은데?

 예, 벌써 십여년 전에 한번 가봤습니다.

 그는 이십대에 고깃배를 타고 먼바다까지 나갔다가 풍랑을 만나 배가 파손되어 다른 세 사람은 파도에 휩쓸려 가버리고 간신히 판자를 붙들고 바다 위를 떠돌다가 중국 배에 구출된 적이 있었다. 그래서 그 배의 항로를 따라서 천진까지 갔다. 이 무렵에는 서양의 무역선들이 항구의 안팎에 정박해 있거나 쉴 새 없이 떠나고 들어오고 했다. 그는 중국의 높고 폭 넓은 돛을 단 정크 배들 가운데서 돛과 물레바퀴가 함께 달린 서양 화륜선도 보았고, 군함이라는데 돛대도 없고 물레바퀴도 보이지 않는 철판 증기선도 있었다. 수개월 동안 천진 부둣가에서 잡역부로 일하다가 조선 개성에서 온 무역선을 얻어 타고 간신히 돌아올 수 있었다. 청나라를 얼핏 보긴 했지만, 항구의 한 모퉁이에 머물다 왔고 내륙이 어떠한지는 전혀 알 수 없었다. 긴 이야기를 들으며 선주는 곰방대에 담은 남초를 다독여 부싯돌로 불을 붙여 물었다.

자네가 만날 사람이 있네. 그 사람을 바로 천진항까지 데려갔다가 돌아오면 되는 거야.

청나라요? 범경죄에 걸립니다.

쉿, 그러니까 남모르게 후딱 갔다 와야지. 먼 바닷길에 당두리 배로 괜찮겠나?

한양 가는 조운선이나 우리 배나 크기는 비슷합니다. 그런 정도라면 큰 바다도 너끈히 다녀올 수 있지요. 선가는 받았겠지요?

칠산 바다 만선 비용만큼 받아야지.

밤이 이슥해지자, 여각에 든 손님들도 주막을 떠나 뒤채의 숙소로 가고 중노미 총각도 외등을 끄고 사라졌다. 주막 술청에는 선주와 도사공만 앉아 있었다. 두 사람이 슬그머니 어두운 술청 안으로 들어왔다. 한 사람은 두루마기 차림에 갓을 쓰고 다른 사람은 같은 복장에 대오리 방갓을 눌러쓰고 있었다. 희미한 촛불이 술상 모퉁이에 놓였으니 처음에는 서로의 인상을 알 수가 없었다. 선주가 갓 쓴 이에게 말했다.

여기 이 사람이 도사공입니다. 두분을 천진항까지 데려다줄 겁니다.

갓 쓴 사람이 유 도사공의 낯을 익히려는지 눈을 가늘게 뜨고 노려보았다.

기일은 얼마나 걸릴까요?

도사공은 자신은 없었지만, 늙은 사공들에게서 들은 대로 말해주었다.

순한 바람을 잘 만나면 열흘 또는 스무날쯤 걸리고, 운 나쁘면 한달도 걸린답니다.

바닷길로 청나라에 가본 적은 있소?

유 도사공은 솔직하게 말했다.

표류했던 적이 있을 뿐입니다.

뱃길은 우리가 좀 알고 있으니 너무 염려하지 마시오.

갓 쓴 양반이 이야기를 나누는 동안 방갓을 쓴 상제 차림의 옆 사람은 아무 말도 하지 않고 조용히 앉아 있었다. 이튿날 심야의 썰물 전에 출발하는데, 자시 경에 배를 띄워 하구 근처에서 썰물을 타고 급히 먼바다로 빠져나간다는 계획이었다. 손님들은 특별히 본채의 주인 사랑방으로 들어가 내일 아침부터 낮 동안 은거하기로 했다.

이튿날 저녁 먹을 때까지 유 도사공은 봉놋방에서 젊은 사공 두 사람과 낮잠을 자다 깨다 하면서 푹 쉬었다. 출발 전에 술청에 앉아서 두 손님이 나오기를 기다리는데, 선주가 와서 도사공을 손짓해 불러냈다. 뒤꼍에서 선주가 가만히 말했다.

자네 알고 있었나? 그 방갓 쓴 이가 양인이더군.

아니, 그러면 혹시……

선주가 주위를 둘러보고 목소리를 아주 낮추어 속삭였다.

천주학쟁이가 틀림없는 모양이야.

도사공도 당황하여 중얼거렸다.

그러면 관에 발고해야 하는 거 아닙니까?

이미 선가를 패물로 한 주머니 받았으니 인정상 그럴 수는 없네. 원래 바닷일이 목숨을 거는 험한 일 아니던가.

두 사람은 한동안 어둠 속에 잠자코 서 있었다.

도사공은 선주에게 하직 인사하고 손님들과 함께 선창

으로 내려갔다. 깊은 밤중이라 사방이 고요했고 물결이 선창 판자에 찰싹이는 소리만 들렸다. 사공 하나는 고물에 꽂은 키를 잡고 다른 하나는 뉘었던 앞뒤 돛대를 세우고 줄을 당겨 돛을 펼쳤다. 두 겹 무명에 황토물 들이고 기름을 먹인 돛폭이 바람을 안고 팽팽해졌다. 배가 미끄러지듯 강물 위로 달려나갔다.

당두리 배는 앞쪽에 이물 돛이 있고 가운데 허리돛이 있으며 그 뒤부터 취사 칸 근처까지 사람이 들어가 쉴 수 있는 다섯 칸쯤의 뱃집이 있다. 소나무 기둥에 대나무와 천으로 벽과 뜸지붕을 얹은 가벼운 구조물로 장정 몇 사람이 싣고 내리고 할 수 있다. 아래는 제법 깊은 선창이 있어 어선이나 세곡선으로 쓸 때는 화물을 싣기 위하여 뱃집을 치운다. 이번에는 사람을 실었으므로 뱃집을 설치한 것이다. 크기가 같은 세곡선의 선창에 쌀 천이백석을 싣는다고 했으니 꽤 넓은 편이다. 취사 칸은 승선한 사람들이 먹을 음식을 준비하는 곳으로 배 밑바닥의 선창과 연결되어 있다.

도사공은 돛의 줄을 잡고 전방을 살피며 풍향에 따라 돛을 가로 똑바로, 비스듬히, 또는 완전히 배가 가는 방향으로 세로로 돌려가면서 바람을 잡으면 키잡이가 그에 따라서 키를 좌우로 움직였다. 마침 시작되는 썰물을 타고 금강 하구를 빠져나가자 배는 시원스럽게 먼바다를 향하여 달려갔다. 방향을 세곡선의 뱃길인 태안 연안으로 잡고 북향하기로 했다. 배가 안면도의 백사장과 소나무 언덕을 바라보며 달리다가 불쑥 튀어나온 태안의 곶섬이 보일 때에 두 손님이 뱃집 안에서 나왔다. 선비는 갓을 벗고 탕건만 썼고 삿갓을 벗은 이는 서양인이 분명해 보였다. 그는 조선 의복 차림이었으나 상투 없는 머리카락과 콧수염 턱수염이 갈색이었고 눈동자가 파랗고 코가 높고 뾰족했다. 서양인은 도사공에게 목례를 했고 도사공도 공손히 인사했다. 선비가 말했다.

이젠 아셨겠지만, 나는 서학을 공부하는 사람입니다. 이분은 토마스 신부님입니다.

선비는 말투나 행동거지가 평민이 아니라 양반으로 보였다. 그는 이런 뱃길에 익숙한 듯 서쪽 하늘을 가리키며 말했다.

지금 해가 지고 있으니 저 오른쪽으로 비스듬히 나아가면 될 겁니다.

두 사람은 선수 쪽으로 나와 도사공 앞에 걸터앉았다. 해 질 무렵의 저녁노을은 언제나 아름답고 평화로운 세상이 계속될 듯한 느낌이 들었다. 도사공은 정서에서 약간 북으로 방향을 잡았고 배는 그렇게 며칠을 달려가야 할 것이다. 황해를 건너는 동안 날씨는 계속 좋아서 큰 풍랑을 만나지 않았다. 밤에도 한 사람은 남아서 키와 돛줄을 번갈아 조종해야 했으므로 두 사공이 교대로 선창에 들어가 쉬었다. 낮에는 이미 방향이 일직선으로 정해져 있어서 키를 고정해놓고 물고기도 낚고 취사도 하며 한가하게 지냈다.

고물의 키는 긴 물고기처럼 생겼으니 등뼈 같은 킷대와 몸과 지느러미 같은 키판으로 이루어졌는데, 뱃전으로 뻗은 킷대의 가운데 윗구멍 아랫구멍이 뚫렸다. 킷대 구멍에 꽂는 창나무도 긴 것과 짧은 것이 있어서 방향을 전환할 때는 짧은 창나무를 아랫구멍에 끼우고 움직임이 크지 않은 좌우 중 진행 때에는 긴 창나무를 윗구멍에 꽂았다. 이 창나무를 갑판 위의 밧줄에 걸어놓으면 풍향이 바뀌지 않는 한 배는 몇시간이고 직선으로 나아갔다.

먼바다로 나오자 두 손님은 낮이면 항상 갑판에 나와 있었다. 유 도사공은 뱃머리에 닻 물레가 있는 이물 칸에서 돛의 용총줄을 당겨 멍에에 매어놓고 곰방대를 물고 앉아 있었다. 며칠 지나는 사이에 유 도사공은 손님들과 낯이 익어서 곧잘 이야기도 나누곤 했다. 토마스 신부는 발음은 좀 서툴지만 조선말을 할 줄 알았다. 그는 다섯해 동안 충청도 지방에서 조선인 교도들의 도움을 받아 몰래 숨어서 선교 활동을 했고 위험이 닥쳐 북경으로 돌아가는 길이었다. 조 선비는 부여에 사는 이로 벼슬은 하지 않았으나 과

거에 급제하여 진사를 얻었고, 한양에 갔다가 우연히 얻은 서학 서적을 탐독하게 되었으며 이후 적극적으로 관계된 책들을 구하여 읽었다.

유 도사공이 갑판에서 보름 가까이 토마스 신부와 조 진사와 함께 지내며 받은 인상 가운데 첫번째의 일은 그들이 자기를 천민으로 대하여 함부로 반말을 하지 않는다는 점이었다. 뱃사공은 신량천역이라 하여 양민에 속하지만, 하는 일이 천하다는 뜻으로 백성들 사이에 차별받았다. 그들은 도사공과 그의 수하 사공들에게도 깍듯하게 존댓말을 썼고, 뱃집 밖으로 나와 시선이 마주치면 꼭 먼저 머리를 숙여 인사했다. 뱃사공들이 갓 쓴 선비에게서 먼저 인사를 받는 일은 태어나서 처음 있는 일이었다. 조 진사가 도사공에게 여러 이야기를 하던 중에 이런 말을 했다.

우리는 모두 하느님의 자녀들이니 서로 존중하고 사랑해야 합니다.

하느님이 누구입니까?

그분은 우리가 이전부터 알고 있는 하늘나라의 상제님입니다. 우리가 선하게 살다 죽어 하늘나라에 가면 그곳에는 귀천도 없고 위아래도 없이 모두가 평등하게 서로를 섬기고 아끼며 사랑하는 세상입니다.

토마스 신부가 또 이런 말을 했다.

누구든지 살면서 죄를 짓지만, 회개를 하면 죄 사함을 받을 수 있습니다. 뉘우치고 하느님께 기도하면 용서해주시고 구원해주십니다.

조 진사가 유 도사공에게 언문으로 인쇄된 책 한권을 보여주었다. '성경직해'라는 책이었는데 그는 한문은커녕 언문도 배운 적이 없는 까막눈이어서 무슨 내용인지 알 수 없었다.

소인은 글을 배우지 못했습니다.

도사공이 부끄러워하며 말하자, 조 진사는 웃으며 말했다.

우리글은 배우기 쉬워서 아이들도 사흘이면 읽고 쓴답니다. 이제 내가 신부님 모셔다드리고 다시 도사공과 함께 돌아올 길이 남았으니, 그사이에 충분히 글을 읽을 수 있게 될 겁니다.

토마스 신부는 항구에 도착하자 전령을 사서 천진 교구에 소식을 보냈고, 그를 태우러 온 마차가 부두에 도착했다. 토마스 신부는 떠나기 전에 기도를 하고 나서 일일이 그들을 안아주며 작별 인사를 나누었다. 조 진사와 도사공 일행은 부두에서 식량과 식수와 땔감을 준비하고 왔던 해로를 되짚어 돌아왔다. 역시 돌아오는 길은 편서풍을 받고 훨씬 빨라서 열하루 만에 조선 연안에 도착했다.

유 도사공은 이듬해에 조 진사의 인도를 따라 천주학에 입교했고 세례명으로 분도라는 이름을 받았다. 분도는 베네딕토의 조선식 이름이었다. 유 분도는 식구를 데리고 하제 마을에서 강경 포구로 이사했다. 그는 이제 선주 밑에서 도사공 하던 일을 그만두고 강경 포구에 규모가 좀 작은 여각을 차렸다. 유 분도는 직접 거느린 선단은 없었지만, 함께 어장을 다니던 도사공과 뱃사람들을 거의 모두 잘 알고 있어서 좋은 어패물을 남보다 싸게 받을 수 있었다. 그의 여각은 건어물과 염장 젓갈 거래로 곧 번창했다.

세월이 흐르는 가운데 회장인 진사 조요섭은 세상을 떠났고 도사공 유분도가 회장을 물려받았다. 유분도가 하제를 떠나 강경으로 이사 오면서 가산도 넉넉해지고 막내아들을 얻어 이 모두가 천주님의 은혜라고 그는 믿었다. 막내아들은 강 건너 충청도에서 은밀히 선교하던 프랑스 신부를 찾아가 영아세례를 받았고 세례명은 사무엘이 되었다. 유분도는 부여 칠갑산 남녘 장평 골짜기에 공소를 열었고, 완주 천호산 골짜기와 고산에 신도들의 공동체 마을과 공소를 열고, 금산에 또한 공소가 있었다. 이들 공소는 모두 전라도와 충청도의 경계 또는 산골짜기와 강을 경계로 두고 있는 오지이기도 했지만, 급하면 관아의 다른 관할로 넘어가 도망칠 수 있는 곳이기도 했다. 신도들은 각자의 거처 마을 중심으로 신앙생활을 했고 직임을 맡은 이가 밖으로 나다니며 연락했다. 구역 회장인 분도는 이 무렵부터 칠일에 한번씩 달력에 표시해둔 안식일마다 각 공소를 바꾸어가며 예배를 보아야 했다.

배춘삼은 얼마 동안 행상을 나다니며 제법 밑천을 모으는 듯했다. 어물전 주인도 이제는 그를 신임하여 인근 마을의 고객에게 외상을 주었다가 가을에 수확하고 나면 한번에 갚는 장사도 허락해주었다. 동네의 장사치들은 모두 춘삼이 영리하고 쾌활하여 이제 곧 전방 하나는 차릴 수 있을 거라고 얘기했다. 어느 날 유분도가 춘삼을 주막으로 불러냈다.
어찌, 장사는 잘되냐?
뭐 그럭저럭 밥 먹고 살 만하우.
너 행상 그만두고 내게 와서 좀 도와주렴.
춘삼은 그냥 심드렁하게 말했다.
등짐장수야 어딜 가든 마찬가지요.
내가 좀 바빠서 그러니 네가 여기 와서 행수 일을 맡아다오. 그러면 몇년 안 가서 니 전방도 차릴 수 있을 게다.
행수라면 주인 대신 모든 일을 맡아 하는 이였다. 춘삼이 유분도네 여각의 행수를 맡아서 물건의 출납이며 다달이 회계며 곁꾼들 통솔하는 일을 하는데 막힘이 없었다. 그럭저럭 한해가 지나갈 무렵에 춘삼은 삼촌이 어떤 일엔가 정신이 팔려 있음을 눈치채게 되었다.

　삼촌, 혹시 천주학 믿으시우?

　유분도는 놀라기는커녕 일부러 대수롭지 않게 받았다.

　왜 너두 한번 믿어볼 테냐?

　춘삼이도 농하듯 고개를 절레절레 흔들며 말했다.

　아이구, 나는 신이라면 태어나면서부터 질려버렸수다. 내 오죽하면 당골 하기 싫어서 하제 마을 버리고 나왔을까?

　유분도는 기왕에 이렇게 되었으니, 그의 협조를 얻기로 했다.

　요즘 세상에 천주학 믿는 게 얼마나 위험한 일인지 너두 잘 알겠구나. 나와 상관되기 싫으면 넌 모른 척하면 된다. 그 대신 좀 이해하고 도와주었으면 한다.

　춘삼이 씩 웃으며 말했다.

　불구덩이든 물구덩이든 삼촌 일이라면 도와드려야죠.

　춘삼은 유분도가 시키는 대로 물길 따라 들어온 짐 속에서 천주학 책들을 받아 사방에 흩어진 공소로 전달해주는 일을 도왔다. 그는 칠갑산 골짜기 마을과 천호산과 대둔산 골짜기에 있는 신앙공동체 마을에서 구운 숯이나 버섯과 약초를 걷어 오고 일상용품을 전해주곤 했다.

칠십여년 전 천주교가 북경에 갔던 양반들에 의하여 책을 통해 전해지고, 천주교인들은 직접 북경에 들어가 주교 신부를 영입해 왔다. 전라도 진산의 두 선비가 제사를 거부한 데서 비롯된 박해 사건 이래로 거의 십여년 간격으로 잊힐 만하면 천주교에 대한 탄압이 벌어졌다. 해가 갈수록 천주학을 믿는 이들이 늘었고 처형과 유배를 당하는 사람도 많아졌다. 살아남은 천주교인들은 경기도의 산골, 강원도 충청도의 산간 지방, 태백산맥 소백산맥의 깊은 골짜기로 들어가 옹기나 숯을 구워 살아갔고 천주학은 더욱 전국 지방으로 퍼지게 되었다. 이후 특별히 조정의 명이 없음에도 불구하고 생각 없는 백성이나 지방 관리들은 교인들의 재산을 노리고 고발하고 체포했다. 조정의 당쟁에도 천주교 박해가 이용되어 정적을 파멸시키기에 맞춤한 빌미가 되었고, 그때마다 수백명의 신도가 형벌을 받았다.

조선의 각 도에서는 백성들이 민란을 일으켜서 민심이 흉흉했다. 토지와 군역에 대한 세금이 갈수록 불공평하고 가혹했기 때문에 백성들은 처벌을 두려워하지 않고 각처에서 봉기했다. 특히 환곡이라 하여 봄의 절량기에 곡식을 꾸어주었다가 가을 수확기에 이자를 붙여 갚도록 한 제도를 이용하여, 관리와 토호들이 고리대로 변질시켜 착취했다. 경상 전라 충청의 삼남 지방은 물론이고 북선 지방 백성들도 모두 일어났으니 조선 왕조는 이미 끝장이 났다고들 말했다. 백성들에게는 저항이든 종교든 자기를 치유하고 위무해줄 수 있는 무엇인가가 필요했다.

한동안 잠잠했던 천주학에 대한 조정의 무서운 탄압은 병인년부터 시작되어 이후 팔년 동안 지속되었다.

포구는 배뿐만 아니라 외부의 사람과 물자와 소문이 모여드는 곳이기도 했다. 그해 사월에 유분도는 한양에 다녀온 조운선의 도사공으로부터 끔찍한 소식을 듣게 되었다. 두명의 프랑스인 주교를 포함한 서양 선교사 아홉명과 그들의 선교를 도운 양반들을 체포 조사하고, 전국적으로 천주교 신도들을 색출하여 잡아들이며, 서학에 관한 서적을 일체 압수하여 불태우라는 나라의 엄명이 내려졌다는 것이었다. 프랑스 신부와 조선인 신도들을 서소문 네거리에서 군중이 지켜보는 가운데 참수형을 집행했고, 일부는 한강 변 새남터 연무장에서 목 베어 군부대 문 앞 장대에 그 머리를 매달았다. 조선에 비밀리에 들어와 선교 활동을 하던 열두명의 신부 가운데 아홉명이 이때 처형당했다.

유분도는 공소를 돌아다니며 신도들에게 되도록 산속 마을에서 읍내나 저자로 나오지 말라고 당부했고, 필요한 것은 배춘삼 행수가 순회할 때 요청하기로 했다. 그리고 각 마을에서는 당번을 정하여 바깥으로 통하는 길목이나 고갯마루에 망보기를 세워두기로 했다. 혹시 관아에서 보낸 포교와 포졸들이 잡으러 오는 게 보이면 마을 사람들에게 알려 피난시키려는 것이었다.

 하제 마을 당골네 고창댁은 깊은 잠에 빠졌다가도 언제나 한밤중 썰물 때가 되면 잠깐 깨어났다가 새벽까지 얕은 잠을 자면서 꿈을 꾸었다. 팽나무 터에서 삼백보쯤 떨어진 샛강 기슭으로 넘쳤던 물이 빠져나가는 소리가 시냇물 흐르는 소리처럼 들려왔다. 바람만 조금 불어도 묻혀버릴 가늘고 약한 소리였지만 고창댁은 그 물소리에 잠이 깨곤 했다. 사실 낮에는 들리지도 않았다. 고창댁은 물이 나가는 소리에 잠이 어렴풋이 깼다가 얕은 잠에 빠졌는데, 귓전에 자꾸만 '얘야, 일어나라, 나 좀 보자' 하는 소리가 들려왔다. 고창댁은 방문 열고 마당으로 나섰고 달이 높이 떠서 주위는 부옇게 밝았다. 들판에서 바다로 불어가는 밤바람이 팽나무의 가지를 흔들며 쇄아아 하는 소리를 냈다. 고창댁은 팽나무 쪽으로 걸어가 우툴두툴 거친 나무껍질에 볼을 대고 기대섰다. 나무 속 저 아득하게 깊은 한가운데서 목소리가 들려왔다.
 네 아이를 집에 오라고 해라, 오라고 해라.
 이튿날 날이 새자마자 고창댁은 하제 포구로 나가서 강

경 가는 배가 있는가 찾아보았다. 며칠 기다려야 물건 들여가는 배편이 있다고 하여, 그네는 야거리 배 한척을 세내어 강경 가서 유 주인네 여각 행수 춘삼이를 데려오라고 일렀다. 어미가 갑자기 쓰러져 위독하다고 전하라 했다.

춘삼이 하제에서 온 사람의 전갈을 받자마자 정신없이 그 배를 타고 금강 하구로 나오는데 모든 배들이 군산포 군영 앞에 줄지어 늘어서 있었다. 배를 대자마자 군졸이 달려와 배에서 내리라고 외쳤다. 선창에는 창 들고 칼 찬 장졸 수십명이 늘어섰고 지나던 배에서 내린 사람들이 줄지어 섰다. 춘삼이 배에서 내려 줄 뒤에 서면서 사공에게 말했다.

아니, 왜 이리 삼엄한 거요?

글쎄, 오전에 여길 지나올 때는 평소처럼 조용하더니만.

앞을 살펴보니 호패 조사를 하는지 모두 허리춤을 풀어 헤치고 있었다. 춘삼이 차례가 되어 누비 덧저고리 안에 매달려 있던 목패를 풀어 내보였다. 군교가 출생지와 이름이 적힌 춘삼의 호패를 살피고 물었다.

하제 사람이로군. 어디 갔다 오는 길인가?

강경포에 물건 넘기고 옵니다. 저희야 노상 왕래합지요.

사공 또한 엇비슷하게 대답하니 검문이 끝났다. 군졸 두명이 야거리 배를 바닥까지 모두 들춰 보고는 풀어주었다.

배가 하제에 닿으니 포구의 배마다 모두 군산포의 검문 얘기로 분위기가 뒤숭숭했다.

집에 들른 지 거의 일년 만에 하제로 돌아와 어머니 고창댁을 만난 춘삼은 맥이 풀려버렸다. 모친이 위독하다는 전갈을 받고 근심과 자책에 빠져서 돌아왔건만, 고창댁은 갖은 음식에 떡까지 해놓고 아들을 기다리는 중이었다. 춘삼이 어머니에게 짜증을 부렸다.

동지섣달이라 바쁜데 이게 웬 난리람.

널 보고 싶기도 하고 요사이 어쩐지 뒤숭숭하여 불렀다. 사흘만 있다 가거라.

허, 사흘씩이나요?

이 녀석아, 일년이 넘도록 코빼기도 뵈지 않다가 단 사흘만 집에 다녀가라는 게 그리도 못마땅하냐?

이튿날 춘삼이는 새벽같이 일어나 고창댁과 함께 팽나무 서낭당 당집에 참배하러 갔다. 샘에서 첫 물을 길어다 정화수 떠서 바치고 비나리를 올렸다.

위로 금강 아래로 만경
해 지는 서해 용왕 살펴주시니
산줄기 한점 뚝 떼어 옥녀봉서 화산까지
상제 중제 하제 터전에

하늘님 점지하여 하늘 뜻 받아 내려온
우리 할매 서낭님
해 달 별 한맘으로 지켜오신 할매 서낭님
하찮은 우리 백성 가엾은 내 자식
천세천세 만만천세
일년 열두달 삼백육십일
천리를 가도 만리를 가도
재수 대통하여줍소사
동서남북 사통팔달
액막이하여줍소사
고깃배 먼바다서 돌아올 제
가지 수는 열두 가지
잎의 수는 삼천 잎이
깃대처럼 흔들어서
만선 반겨주시옵고
바람 불면 허리에 묶어
우리 배 간수하고
하늘로 벋은 가지
해도 열고 달도 열고
해는 따서 의관 짓고
달은 따서 안 받치고

새벽 샛별 무늬 놓고

쌍무지개 끈을 끊어

정성 들여 차려입고

하제 마을 둘러보니

촌것들은 갯벌 가고

일간초옥 다 비었네

산에 올라 풀을 보니

풀은 자라 청산 되고

꽃은 피어 화산 됐네

어허, 우리 할매 서낭님

살아서는 굽어살피시고

나 떠날 때 바래주소

그렇게 사흘을 지내는 동안 포구의 일상은 여느 때처럼 조용히 흘러갔다.

나흘째 아침에 춘삼이 하제 포구로 나가는데 맞은편에서 낯익은 야거리 뱃사공이 헐레벌떡 뛰어오고 있었다.

배 행수, 난리 났네, 난리 났어!

날도 좋고 바람도 잠잠한데 무슨 난리가 났다구 그래.

춘삼이 영문을 모르고 대꾸하니 사공은 가쁜 숨을 몰아쉬며 말했다.

전주 감영 토포군이 몽땅 일어나 강경을 휩쓸고, 인근 여산 금산 골골마다 덮쳤다는 게여. 방금 강경서 들어온 뱃사람들 얘기라네.

배춘삼은 듣자마자 바로 알았지만, 짐짓 모르는 체하고 되물었다.

아니, 그 고장에 무슨 민란이나 화적당이라두 나타났나?

행수는 아무것도 모르는군.

사공이 목소리를 낮추더니 춘삼에게 속삭였다.

천주학쟁이들을 모두 잡아 도륙을 내라는 국명이 떨어졌다네. 댁네 여각 유 주인이 이 지역 수괴라던데. 온 가족이 잡혀갔다더만.

아이구, 어디루 잡아갔나?

전주 감영에도 인근의 서학 죄인들이 수백명 잡혀갔고, 이쪽은 여산 관아에 형장이 차려진 모양이야.

나도 강경 나가려던 참인데 포구에 나가는 배 있겠지?

배가 수십척 있으면 뭘 하나, 아무도 가려 하지 않을 텐데.

사공이 다시 말을 이었다.

더구나 배 서방은 그 댁의 여각 행수 아닌가. 동모죄로 얽힐 것인즉, 하늘의 도움이라 여기고 여기 하제에서 숨죽이고 가만히 엎드려 있게. 한 달포 지나면 잠잠해지겠지.

그 말은 하늘의 해처럼 명명백백 맞는 소리여서 배춘삼

은 고개를 들고 한탄할 뿐이었다.

애고, 우리 삼촌 어이할거나!

위정척사에 관한 왕의 교서가 내려진 후, 파발이 급히 삼남 지방에 당도하자마자 각 감영과 군진에는 서학인 처결에 대한 군령이 떨어졌다. 지방마다 기찰포교가 풀려나와 미리 탐문해왔던 대로 천주교인들을 잡아들이기 시작했다.

포교가 군졸 십여명을 거느리고 강경 포구의 유분도네 여각에 들이닥친 것은 이른 새벽이었다. 환도와 창으로 무장한 군사들은 길가의 주막채 판자문을 가차 없이 부수고 술청을 지나 안마당으로 쏟아져 들어왔다.

샅샅이 뒤져 한놈도 빠짐없이 모두 끌어내라!

포교의 명에 군사들이 삼삼오오 흩어져 손님들이 자는 뒤채의 봉놋방들을 뒤지기 시작했고 주인네가 사는 안채로 달려들었다.

새벽에 유분도는 이미 깨어 있었다. 요 며칠 소문이 뒤숭숭하여 밤마다 편안치 못하고 얕은 잠에 작은 소리만 나도 저절로 눈뜨기를 반복하던 중이었다. 잠결에 무엇인가 웅성대는 인기척을 느끼고 그는 일어나 앉았다. 두 딸은 마루 지나 건넌방에 자고 안방에는 아내와 막내아들 사무엘이 나란히 자고 있었다.

 판자문을 부수는 요란한 소리가 마당 건너 바깥채에서 들리자 그는 얼른 사무엘을 끌어안으며 아내에게 다급하게 외쳤다.

 어서 일어나! 건넌방 아이들 데리고 뒷담께로 나오게.

 유분도가 뒤도 돌아보지 않고 안채를 나와 뒷마당으로 뛰는데 벌써 군사들이 마당으로 쏟아져 들어오고 있었다. 그는 창고 곁을 돌아가다 말고 사무엘을 머리 위로 번쩍 들어 지붕 위로 올렸다.

 여기 꼼짝 말고 엎드려 있거라.

 그리고 뒷담을 향하여 뛰어가는데 군졸 서너명이 기척을 듣고 뒤쫓아 왔다. 담을 넘으려던 찰나에 군사들이 그의 다리를 잡았고 분도는 그들과 한데 엉켜서 뒤로 넘어졌다. 유분도의 몸에 오랏줄이 칭칭 감겼다. 아내와 두 딸은 마루에서 내려오기도 전에 방문 앞에서 군졸들에게 잡혀버렸다. 마당에 횃불이 켜지고 각 별채와 방에서 끌려 나온 일꾼들과 손님들을 모두 꿇어앉혔다. 포교는 우선 유분도와 식구들을 따로 떼어다 술청으로 끌고 가고, 일꾼들은 마당에, 손님들은 뒤채의 가장 큰 봉놋방에 몰아넣고 검문을 시작했다. 호패를 조사하고 이 고장 사람이 아닌 장사치들은 방면했다. 검문이 끝나자 곧 날이 밝아서 군사들은 유분도의 가족들과 일꾼 두명을 포박하여 강경 포구를 떠났다.

같은 시각에 군사들은 미리 탐문해두었던 천호산 골짜기와 대둔산의 천주교도 마을을 급습했다. 물론 시간 차이는 있었지만, 이러한 체포 개시는 전라도 전지역에서 같은 시기에 이루어졌다. 나주, 전주, 여산의 진영 가운데 가장 북쪽인 여산 진영에서 백여명이 체포되었고, 나중에 처형된 이는 스물다섯명이었다. 그러나 옥중에서 죽거나 체포 현장에서 죽은 이도 많아서 상부에 보고된 사람보다 남모르게 죽은 이는 더 많았다.

여산 현감은 진영장으로서 죄수를 살리고 죽이는 생살여탈권을 가지고 있었다. 그가 사형 명령을 내리고 처형한 뒤 상부에 서류로 보고하면 그만이었다. 여산 감옥에 끌려온 천주교도들은 백여명이었다. 형리의 문초에 따라 공소를 관할하던 회장 유분도와 각 공소의 지회장들 십여명을 따로 추려내어 동헌 마당에 모아놓고 현감이 친히 국문했다. 죄수들은 마당에 임시로 세운 말뚝에 뒷결박이 되어 묶여 있었다. 여산 현감은 형방이 읽는 조서 내용을 듣고 나서 마지막 판결을 내렸다.

너희가 나라에서 엄금한 서학을 믿고 무리를 모아 외세와 사통한 죄는 역적죄와 같다. 그러나 이제라도 마음을 돌이켜 천주를 믿지 않는다고 맹세하면 더이상 지난 죄를 묻지 않을 것이다.

현감의 말이 떨어지자, 형방이 말뚝에 묶인 유분도의 면전으로 다가서며 물었다.

너는 천주를 믿느냐?

유분도는 하늘을 올려다보며 말했다.

내 주 하느님을 믿습니다.

형방이 잠깐 서서 기다리다가 다른 말이 나오지 않자 다른 신도에게 걸음을 옮겼다.

너는 천주를 믿느냐?

믿는다고 말한 이도 있고 아무 대답을 하지 않은 이도 있었지만 다시는 믿지 않겠다고 말한 사람은 아무도 없었다. 현감은 수염을 부르르 떨면서 말했다.

전원을 처형하라!

형리들이 제일 먼저 유분도의 상투를 풀어 머리카락을 뒷결박한 손에 묶었다. 형방이 유분도에게 말했다.

너의 천주가 너를 살려주려는지 하늘을 똑똑히 보아라.

유분도는 파란 하늘 가운데 하얗게 번진 눈부신 햇빛을 바라보았다. 그의 얼굴에 백지가 덮였다. 형리가 동이의 물을 바가지로 퍼서 천천히 들이부었고 젖은 종이가 얼굴에 찰싹 달라붙었다. 다시 백지를 덮고 물을 부었고 또 백지를 덮고 물을 계속 부었다. 허억, 하면서 숨 막히는 소리가 들리고 말뚝에 묶인 몸을 어쩌지 못하여 버둥거렸다. 얼굴에 겹겹이 붙은 젖은 백지는 죄수의 호흡을 끊었다. 절명한 것을 확인한 형방이 고개를 들고 대청 위를 바라보니 현감은 부채로 얼굴을 가리고는 자리에서 일어났다.

계속하여라.

예이, 계속하랍신다!

현감은 처형을 형방에게 맡기고 안채로 물러갔다. 나란히 묶여 있던 다른 교인들은 유분도의 숨이 끊어지는 과정을 모두 똑똑히 보고 있었다. 형방이 다음 차례의 죄수에게 다가서서 마지막 질문을 던졌다.

너는 천주를 믿겠느냐?

믿습니다.

그에게도 백지를 얼굴에 덮고 물 붓기가 잠깐 지속되었다. 그는 곧 숨이 끊겼다. 이런 방식으로 회장과 지회장들이 모두 숨을 거두었다.

그날부터 잡혀 와 있던 천주교도들의 처형이 시작되었다. 그들 중에는 배교를 말하고 살아남은 사람도 많았지만, 가족이 먼저 죽은 식구들은 하나같이 그 뒤를 따랐다. 수십일 동안 밥을 굶기며 치죄하고 닦달하는 중에 옥사한 노약자들도 있었고 간신히 목숨이 붙어 있는 사람들도 기진맥진하여 생사를 포기한 듯했다. 그들이 처형장으로 끌려갈 적에 어찌나 굶주렸는지 땅의 잡초를 손으로 움켜 뜯어서 입에 넣었다고 한다. 이들은 결박된 채로 개천에 던져져 익사하거나 다리 건너 숲과 장터에서 참수되거나 옥내 마당에서 교수형 당했다. 숨 막힌 죽음을 바람의 순교, 개천과 우물에 익사한 죽음을 물의 순교, 목 베인 죽음을 불의 순교라고 후세 사람들이 불렀다.

배춘삼은 하제에서 닷새를 버티지 못하고 강경 나가는 배를 탔다. 포구에는 지난번보다 더 많은 소식이 들어와 쌓여 있었다. 이번 천주학쟁이들 소탕은 전국에 걸쳐서 이루어지고 있었다. 전주에서도 수많은 사람이 잡혀 들어갔고 얼마 전 충청도 해미에서는 천여명의 천주학쟁이들을 한꺼번에 생매장했다는 소문이었다. 춘삼이 금강 하구로 들어서며 군산포에 이르니 이전에 검문하던 군사들은 모두 평소처럼 군영 앞에 몇 사람만 있을 뿐 태평하게 보였다. 야거리 배가 강경 포구에 닿았다. 서로 안면 있는 뱃사람들과 장사치들이 춘삼에게 한마디씩 해주었다.
배 행수 어쩔라구 여길 다시 오는가?
나야 천주학 믿는 사람이 아니잖소? 그건 우리 계에서 누구나 알고 있을 거요.

그래두 우선 진영에서 나온 포교에게 현신하게.

유 주인네 온 식구가 여산에 끌려갔으니 지금쯤 이미 경을 치렀을 걸세.

춘삼이 유씨 여각에 가보니 부서진 판자문에 나무판자가 엇갈려 박혀 있고 옆에 경고의 방문이 붙어 있었다. 춘삼이 글을 모르긴 하되, 이웃 사람이 알려주기를 이 집은 대역죄인의 가산으로 모두 국고에 몰수된다고 하였다. 그러니 춘삼이 아무리 여각의 행수 일을 보았다 할지라도 들어가볼 수도 없었다. 어디서 말이 들어갔는지 검은 더그레 걸치고 육모방망이 차고 털벙거지 쓴 사령배 하나가 다가왔다.

댁이 이 집 행수 일을 보았소?

그러하우.

잠깐 갑시다.

그를 따라 포구의 어느 주막으로 가보니, 좁은 갓에 덧저고리 차림의 사복 입은 기찰포교가 기다리고 있었다.

자네가 유가네 여각서 행수 일 보았다며?

예, 그러합니다.

그 자리에서 마주 앉아 잠깐 심문이 계속되었다. 춘삼의 말은 한식구로 같이 살아도 사람의 마음을 알 수 없거늘, 그 아래서 보수 받고 행수 일을 하던 내가 어찌 주인의 속내를 알 수 있겠느냐 하였다. 또한 주인이 서학을 신봉

한다 한들 내가 아니면 됐지 어찌 의리상 발고할 수 있겠는가. 천주학을 믿고 안 믿음은 마음의 일인즉, 나는 마음이 내키지 않아 처음부터 천주학 따위에는 관심이 없었다, 나는 지금 주인에게서 아직 받지 못한 급료도 있는데 저렇듯 여각 자산을 국고로 거두어들이면 그 손해는 누가 책임지는가, 하면서 오히려 억울함을 항변했다. 포교는 춘삼의 진술과 주위에서 탐문한 말들이 일치하여 더이상 묻지 않고 일렀다.

하여튼 국법이 엄중하니 유 아무개 일에는 얼씬도 말고, 밀린 급료의 사항은 나중에 증인을 세워 관가에 하소연하게나.

배춘삼은 밤이 되자 유분도를 도사공으로 썼던 예전 큰 여각 주인 선주에게 찾아갔다. 그는 이미 환갑 넘은 노인으로 모든 일을 그의 큰아들에게 물려주고 잡사에서 물러나 있었다. 춘삼이 큰 여각으로 찾아가니 낯익은 큰아들이 알은체를 하였다. 춘삼은 어릴 적부터 이정을 보았던 그의 아버지를 잘 알고 있었고 큰아들도 춘삼을 옛날 동네 아이로 알고 지냈다. 큰아들이 근심 어린 표정으로 말했다.

강경포 사람들 모두가 놀랐네. 이참에 뭐 흉한 말을 하려는 건 아니겠지?

선주 어르신께 가르침을 받고자 할 뿐이오.

사랑채에 찾아가 뵈니 선주는 아직 정정했고 눈빛이 또렷하여 사리 분별이 분명해 보였다. 그가 이르기를 이미 유 서방과 그의 식구들이 모두 여산 관가에서 형을 받았다고 말했다. 그러고는 한마디 더 이야기해주었다.

소문에는 직접 관여하지 않은 친족이 시신 수습하는 일은 도의상 모르는 척하는 모양이더라.

그렇다면 제가 도사공 아저씨의 시신을 수습해보겠습니다.

선주는 고개를 끄덕이더니 함을 열어 엽전 꿰미를 내주었다.

내가 유 서방을 도사공으로 부려 이만한 재산을 마련했으나, 불행하게도 그의 가산이 풍비박산하였으니 참으로 애통할 일이다. 자네가 유 서방네 뒷수습을 하는 데 쓰고, 남으면 어디 타지방에 가서 살아갈 밑천이라두 하게.

춘삼이 어림짐작으로 헤아리니 이백냥은 족히 될 큰돈이었다.

선주 어르신, 너무 큰돈을 주십니다.

아닐세, 그가 거래하던 거래처와 장부가 모두 내게 들어왔으니, 이것은 작은 보상에 불과하다.

춘삼이 인사하고 나오려니 선주가 가만히 말했다.

유 서방네 온 식구가 횡액을 입었지만, 막내는 살아남았다네. 더는 묻지 말고 그렇게만 알고 있게.

춘삼이 야거리 배를 내어 강경내를 타고 내려가 마산내와 갈리는 개울목까지 갔다. 거기서 여산 관아까지는 지척이라 밤중에 슬그머니 읍내에 이르러 행상 시절부터 잘 아는 이를 통하여 여산 옥의 형리와 만날 수 있었다. 그에게 수십냥을 주고 수소문하니 처형당한 시신들을 냇가 미나리꽝에다 함부로 내다 버렸다고 하는데, 더러는 혈육들이 와서 수습해 간 이도 있었다고 한다. 새벽녘에 일꾼 두 명을 사서 형리를 앞세우고 현장을 찾아가니, 이미 뒤엉킨 주검들이 부패하기 시작하여 몰골이 처참했다. 춘삼은 두건을 풀어 코와 입에 감고 직접 시신 가운데로 들어가 유분도를 찾아냈으나 그의 처와 딸들의 시신은 찾지 못했다. 아녀자들은 따로 배다리 아래 웅덩이와 우물 속에 던져 넣었다니 찾을 길이 없었다. 배춘삼은 유분도의 시신을 멍석에 말아 그의 아비 배개동이 변산 줄포에서 유 사공 아저씨의 배에 실려 올 때처럼, 이번에는 그의 시신을 수습하여 강경포로 나갔다. 강경 포구 건너편 함박산 자락에 양지바른 터를 골라 그를 묻었다. 배춘삼은 그때에 유분도의 아들 사무엘이 다른 살아남은 교인의 식구들과 함께 바로 강경의 이웃 고을인 함열에 갔다는 사실은 모른 채 강경을 떠났다.

7

 배춘삼은 하제 마을로 돌아가지 않고 법성포로 나가는 배를 타고 가다 줄포에서 내렸다. 줄포만 아래로는 철철이 고기떼가 넘나드는 칠산 바다와 영광 법성포가 있으며 위로는 만경 갯벌과 변산의 깊은 산이 있어 조선에서 살기 좋은 지방 중 첫손가락에 꼽히는 고장이었다. 너른 들판과 깊은 산과 바다가 만나는 접경에 있는 곳이라 많은 사람이 드나들었다. 춘삼은 강경에서 전방 행상부터 여각 행수까지 해보았던 터여서 무엇을 해야 할지 잘 알고 있었다. 줄포에 오자마자 모아둔 밑천을 모두 털어 포구의 길목 좋은 곳에 터를 잡아 바깥 주막과 안채 살림집을 짓고 흙벽에 초가지붕 얹은 큼직한 일자 창고를 지었다. 춘삼은 하제와 강경에서 알고 지내던 선주들과 고깃배의 사공들에게서 조기와 민어 새우 등속을 사들여 염장하고 잘 말려서 건어물과 젓갈을 제조하여 정읍 고창 담양 순창 등지의 내륙 농촌 지역으로 부상을 내보내니 삼년 남짓에 실속 있는 포구 객주로 일어섰다.

  춘삼은 정읍 사람의 소개로 그 고장 처녀를 맞아 혼인하여 아들을 낳았다. 그는 장가를 들기 전에 배를 타고 하제로 가서 당골네 고창댁을 만났다. 고창댁은 아들 춘삼이 장가를 간다는데도 냉랭한 얼굴로 별로 반기는 기색이 없었다. 그네는 춘삼이 가업인 무업을 저버린 것과, 며느릿감도 당골네 세습무의 집안이 아니라 보통 농가의 딸이란 점도 못마땅했을 것이다. 고창댁은 이미 강 건너 서천에서 수양딸을 들여 굿 사설과 춤이며 가락을 가르치고 그네의 무업을 보조하도록 하고 있었다. 어쨌든 고창댁은 스스로 집을 나간 아들 춘삼으로부터 정을 떼었다. 그네는 아들의 혼례식이 있던 날 줄포에 오지 않았다. 배춘삼이 아내를 데리고 다시 하제 마을을 찾아갔지만 고창댁은 아들 내외를 집에 재우지도 않고 그날로 돌려보냈다. 그로부터 모자 사이는 점점 멀어져 고창댁은 손자가 태어난 것도 모르고 있었다. 세월은 바닷물처럼 덧없이 물러갔다가 밀려오곤 하면서 흘러갔다.

배춘삼과 정읍댁은 아들과 딸을 낳아 가족을 이루었다. 그들 부부는 중노미와 곁꾼 등 일꾼을 부리며 객줏집을 잘 끌어나갔고 아이들도 포구 아이들과 어울려 놀며 별 탈 없이 자랐다. 춘삼은 강경 여각 행수 시절에 물건의 출납과 치부책 정리 등을 배웠고 겨우 천자문을 곁눈질로 익혀 물건 송장과 어음을 처리할 수 있었다. 또한 일찍이 유분도에게 언문을 배워 먼 고장의 거래처 점주에게 언문 편지를 써 보낼 수도 있었다. 그는 각처에 수소문하여 아전으로 늙어 퇴임한 이를 모셔다 집을 얻어 서당을 열도록 하고 포구의 아이들 몇명과 제 아들이 천자문부터 배우기를 바랐다. 아들의 이름은 일찍이 그가 한자를 조금 알았으므로, 좋은 자를 골라서 공경할 경에 순수할 순 배경순이라 지었고, 딸은 공경할 경에 구슬 옥을 써서 경옥이라 하였다. 원래 그의 아비가 어릴 적부터 부르던 이름인 개똥이를 한자로 개동이라 적었고 어미 이름은 작은년을 자근연이라 적었듯이 천민 중의 천민이었던 세습무 집안에 성이 제대로 있을 리가 없었지만, 이들은 고향을 떠나 신분을 속이고 살면서 대개는 옛 상전이나 고을의 어른들 성을 가져다 자기 성으로 삼곤 했다. 그러므로 호패에 성이 있을 리가 없어 그냥 개동, 아니면 춘삼 하는 식으로 새겼다. 나중에 전국적으로 어지러운 민란이 계속되는 가운데 갑

오개혁이 되면서 모두 양민이 되었지만, 그 흔적은 오랫동안 계속되었다. 배춘삼의 아들 경순이가 서당을 다니면서 '천자문'을 떼고 '동몽선습'과 '명심보감'을 배우던 무렵에 홍역이 돌아 호되게 병치레를 하면서 학습은 중동무이가 되어버렸다. 춘삼의 아내 정읍댁이 말했다.

뱁새가 황새 쫓아가다 가랑이 찢어진다고 합니다. 공부는 인제 그만 시키고 건장하게 마음껏 뛰어놀도록 해줍시다.

춘삼도 아들 경순이 석삼년을 오롯이 공부하였으니 이제 그치고, 자기처럼 허드렛일인 포구의 객줏집 주인이 아니라 농토를 가진 어엿한 농부가 되기를 바랐다.

어느 해 정월대보름에 걸립 농악패가 줄포 장터에 들어왔다. 걸립패는 그 즈음에 여러 패가 있었지만 정읍 고창 패와 김제 부안 패가 유명했다. 패거리를 이끄는 상쇠의 이름이 곧 걸립패의 이름이 되었다. 그날 줄포에 들어온 것은 김제 부안의 박돌이 패였고 무리는 모두 스물다섯 명이었다. 명절에는 대개 이른 아침부터 재수 좋으라고 각 집을 돌며 마당밟기를 놀아주었다. 줄포나 강경이나 법성포 같은 대처 장터에 놀러 올 때는 미리 흥행사인 광대물주가 각 장터를 방문하여 여각 객주 주인들에게 굿판의 행

할매 147

하를 미리 계약하고 개인에게 쌀이나 돈을 걷는 걸립 없이 큰 놀이판을 벌였다. 박돌이 걸립패도 줄포에 정월대보름 놀이를 하러 온다는 소문을 인근 군 읍에 퍼트려 오후 늦게부터 각 고을에서 사람들이 몰려들었다. 전라도 내륙 지방의 농악을 좌도농악이라 하고 해안가와 들판 지역의 것을 우도농악이라 불렀다. 맨 앞에 '농자천하지대본'이라 쓴 농기와 용기 영기 등의 깃발과 노랑, 빨강, 파랑, 검정, 하양, 등의 오방색 깃발이 나서고 태평소, 꽹과리, 장구, 북, 징, 소고 등이 늘어서고 열두발 상모 벙거지를 쓴 풍물꾼과 잡색 창기 양반 할미 한량 등이며 무동 아이 광대 들까지 길게 늘어서서 길놀이를 시작했다. 꽹과리만 상쇠 포함하여 다섯인데 그중 상쇠가 가락과 장단을 열어주면 모든 악기가 그에 맞추어 따라 두드린다. 행진하여 가는 도중에도 그들은 장단에 맞추어 춤을 추면서 나아갔다. 경순은 그때 열다섯살이었는데 풍물 소리를 듣자마자 온몸에서 피가 끓어오르는 것 같았다. 길놀이를 하고는 장터 가운데 있는 너른 마당에 판을 잡자, 대보름 굿이라고 가운데 장작을 높다랗게 쌓아놓고 불을 질렀다. 불꽃이 일어나며 주위가 훤하게 밝아지고 하늘에는 보통날보다 훨씬 둥글고 큰 달이 떠올랐다. 이날 처음으로 본격적인 풍물패의 판굿을 본 경순은 그의 핏속에 흐르는 신명을 온몸으로 느겼다.

정월대보름 굿이 한바탕 휩쓸고 지나간 뒤 경순은 가까운 부안의 박돌이 상쇠를 찾아 나섰다. 그가 부안현 읍내에서부터 이리저리 물어서 모산마을로 찾아가니 박돌이는 툇마루에 선 채 자기를 찾는 소년을 내려다보았다.

니가 무슨 일로 나를 찾냐?

풍물을 배우고 싶어서 왔습니다.

박돌이가 픽 웃으며 다시 물었다.

어디 사는 누구냐?

줄포 사는 배경순이라구 합니다.

박돌이가 줄포 어느 댁이냐고 물었고, 하제 객주라고 답하니 고개를 끄덕였다.

으응, 배춘삼 주인네 아들이로군. 근데 느이 아부지가 풍물 배우라구 하드냐?

경순은 약간 골이 나서 퉁명스레 대답했다.

저두 다 컸는데 풍물도 아버지 허락을 받아와야 배워줍니까?

우리 계는 동네 놀이꾼들이 아니라 직업이 걸립패다. 그러니 한번 떠나면 여러 장터를 다니고 어장 파시까지 따라다닌다. 시방 가락 장단을 익혀도 십팔세는 되어야 입단을 시켜주지. 몇년 있다가 오도록 해라.

저두 열다섯살입니다. 이제 이팔이 코앞이올시다.

박돌이는 껄껄 웃었다.

니가 벌써 열다섯이라고? 내가 느이 아부지 옥구 하제포 살 때부터 잘 아는 사이다. 몇년 더 있다가 오너라.

경순이 물러서지 않고 다시 말했다.

그냥 배우기만 하면 안 됩니까?

글쎄. 우리가 곧 영광 법성으로 해서 아래로 주욱 내려 갈 텐데 아직 한달은 기간이 있지. 행하는 내겠느냐?

얼마나 내랍니까?

너두 먹어야 할 테니 백미 두말 가져오너라.

경순은 집에 가서 아버지에게는 말도 꺼내지 않고 어머니 정읍댁에게만 은근히 말했다.

내가 뭘 좀 배우려는데 행하로 주려면 쌀 두말이 필요해요. 아버지 모르게 어머니가 좀 퍼주시구려.

정읍댁은 아들이 서당에 다닐 때부터 어쩐지 어려워져서 대개 해달라는 대로 들어주는 편이었다. 집을 나가서 한달 뒤에 돌아올 거라는 말을 듣자, 정읍댁은 깜짝 놀랐다.

아니, 무엇을 배우길래 한달씩이나 집을 비우냐? 느이 아부지가 물으면 뭐라 답하라고.

절간에 책 읽으러 들어간다고 말해주세요.

정읍댁도 그 말은 그럴듯하다고 생각했다. 이튿날 배경

순은 갈아입을 옷가지와 쌀 두말과 건어물 등속을 꾸려 지게에 지고 집을 떠났다.

박돌이는 경순에게 가락과 장단과 춤사위를 가르쳤는데 사흘이 못 가서 그는 아이의 재간을 알아보았다. 먼저 장단을 쳐 보이면 듣는 대로 따라 하는데 때로는 본능적으로 가락 장단을 느끼고 변주로 나갔다가 제자리로 돌아오기도 했다. 박돌이도 가르치는 재미가 있어 북, 장구, 꽹과리, 징은 물론이요 태평소까지 가르쳤다. 그해 한달 배우고 나서 걸립패가 순회하고 돌아와 시월부터 동지섣달까지 쉬는 기간에 경순은 부안 박돌이에게 가서 다시 다양한 가락 장단을 배웠다. 이제는 서로 주고받기로 각자의 장단을 엇박과 변주로 쳐나갔다. 그가 이듬해 열여섯이 되었을 때, 박돌이는 말했다.

이제 너는 상쇠가 다 되었구나. 우리가 곧 걸립을 나갈 텐데 입단을 해도 되겠다. 느이 아부지께 모두 알리고 허락받아 오너라.

배춘삼은 아들이 농악 걸립패의 놀이꾼이 되련다는 소리에 기겁을 했다. 속으로 그러면 그렇지 그 피가 어디로 가랴 싶었던 것이다. 이제 그야말로 이팔청춘으로 머리가 다 큰 자식을 밧줄로 붙들어 묶어둘 수도 없는 노릇이었다. 그는 다짐을 주었다.

그래, 사내자식이 세상 구경을 한바탕 해봐야지. 좋다, 그 대신 네가 장가를 가는 열여덟살까지 해보는 거다. 그 뒤에는 돌아와서 부안에 사놓은 농지에 농사지으며 살아야 한다. 우리도 그때쯤에는 이 포구를 떠날 작정이다.

춘삼의 아들 경순은 열여섯에 걸립 놀이패를 따라 집을 떠나더니 해마다 놀이마당이 쉬는 농번기에는 돌아와 객주 일을 거들고는 다시 떠나고는 했다. 놀이패 일이란 것이 풍물 치고 떠들썩하며 구름같이 모여든 인파 가운데 있을 적에는 천하를 얻은 것처럼 기고만장했다가도 소득은 별무라서 간신히 저희 패거리 삼시 세끼나 먹으면 족할 정도였다. 사정이 그러하니 놀이꾼 개개인의 가산이 늘어날 리가 없었다. 경순은 아버지와 약속했던 대로 열여덟살이 되자 부안의 곰소 출생 처자를 만나 장가를 들었다. 사돈 될 사람은 곰소에서 어선을 부리는 선주로 배춘삼이 강경 여각 행수 시절부터 사귀어온 오랜 친구였다. 경순의 누이동생 경옥도 그때쯤에는 인근 고을의 농부 집안에 시집을 갔다. 경순은 장가를 든 첫해에만 줄포 객주에 머물면서 집안일을 돕는 것처럼 보였다. 그러나 이듬해에는 다시 박돌이 걸립패와 더불어 길을 떠났다.

경상도 경주에서 한 지방 선비가 스스로 깨닫고 수도하

여 세상을 천지개벽시킬 도를 창시했고, 이를 서학에 빗대어 동학이라고 부르게 되었다. 깨달음을 얻고 나서 불과 두어해 동안 사람들에게 가르침을 주었던 동학 교주 최제우는 민란이 삼남 지방을 휩쓸고 지나가던 무렵에 대구 감영에 체포되어 처형당했다. 백성을 속여 세상을 어지럽혔다는 혹세무민의 죄였다. 이것은 천주교도의 병인박해가 일어나기 이년 전의 일이었고, 경순이 장가들던 해로부터 따지자면 이십사년 전의 일이었다. 동학은 교주가 처형된 뒤에도 백성들 가운데서 은밀하게 퍼져나가고 있었다.

서양 열강과의 통상조약이 체결되면서 서학에 대한 탄압은 오히려 멈추었으며, 이미 서양 선교사들이 도시를 중심으로 성당을 짓거나 공소 활동을 공개적으로 하고 있었다. 그 무렵 두어해 뒤에 공식적인 금지가 풀리면서 천주교는 물론이고 뒤늦게 들어온 개신교마저 공개적인 신앙활동을 할 수 있게 될 때까지 칠십여년 동안 천주교인 만여명이 순교하는 참극을 겪어야 했다. 서학에 의한 자극과 그에 대한 대응으로 시작된 동학 운동은 오히려 여전히 탄압받고 있었다. 그러나 동학은 중인층 이하의 양민과 천민들 사이에서 새 세상이 와야 한다는 염원과 함께 전국에 퍼져가고 있었다.

배경순이 동학에 입도하게 된 것은 함경도 평안도 등지

의 북쪽 지방에서 번져간 민란이 강원도와 황해도 그리고 경기도와 충청도의 중부 지방까지 퍼져나간 해였고, 동학교도 수만명이 삼례에 모여 교주가 죄 없이 처형된 것과 동학교도에 대한 탄압을 멈출 것을 진정하기 바로 한해 전이었다.

박돌이네 패가 금구에서 장터 개시놀이를 해주고 묵었던 날, 배경순이 동학의 어느 접주를 만나 깊은 감명을 받게 되었다. 먼저 입도하여 포교하는 사람이 자기 주변인들을 모은 지역 단위의 조직을 접이라 하고 관리하는 접이 백호 이상이 되면 둘로 나누었다. 이러한 접을 묶어 관리하는 상위 조직을 포라고 하였다. 접의 대표는 접주요, 여러 접을 모은 포의 지휘자는 대접주라고 했다.

금구 주막에서 배경순이 만났던 이는 아마 그 지역 접주의 한 사람이었을 것이다. 경순이 그에게서 들었던 말은 몇 마디에 지나지 않았다. 그러나 그 말은 풍물 소리를 듣고 피가 솟구치던 느낌과는 달리 무거운 당목으로 종을 치듯 무엇인가 묵중한 충격이 가슴을 치면서 오랫동안 마음에 맴돌았다.

사람은 누구나 자기 안에 하늘님을 모시고 있다는 '시천주'라는 말에 경순이는 감동을 받았다. 경순은 최제우 수운 교조께서 가르쳤다는 주문을 한번 듣고 외워버렸다.

하늘의 지극한 기운이 내게 이르렀으니,(至氣今至願爲大降)

하늘님을 모신 나는 스스로 조화를 정하여,(侍天主造化定)

평생 잊지 아니하고 하늘의 도에 맞도록 행하리라.(永世不忘萬事知)

금구의 접주는 또 이런 말도 하였다.

교조의 가르침을 이은 해월 최시형 선생은 고귀한 사대부나 벼슬아치가 아닙니다. 그분은 머슴이었고 종이 만드는 직공이어서 글을 제대로 배운 바도 없습니다. 사람과 사람 사이의 부귀하고 빈천한 것과, 남녀노소와, 정처 소생과 첩 소생, 노비와 주인 같은 차별은 새 세상에서 없어져야 합니다.

해월 선생은 교조의 시천주 가르침에 따라 사인여천(事人如天)을 말했다고 했다. 사람을 하늘처럼 섬기라는 뜻이었다. 사람은 누구나 하늘님을 모시고 있는 존재이기 때문에 사람을 대할 때에는 반드시 하늘처럼 섬겨야 한다. 해월 선생은 도인의 집에 사람이 오면 사람이 왔다고 하지 말고 하늘님이 강림하셨다고 말하라 하였고, 아이를 때리는 것은 곧 하늘님을 때리는 것이라 했다. 어느 집 며느리의 베 짜는 소리를 듣고 '그대 며느리의 베 짜는 것이 참으로 그대 며느리가 베를 짜는 것인가' 반문하여 그것이 하늘님의 베 짜는 소리임을 가르쳐주었다. 그는 또한 시천주를 사람뿐만 아니라 만물에게로 확장하여 모든 만물이 하늘님을 모시지 않은 존재가 없다고 했다. 어린이도 베 짜는 며느리도 집에 오시는 손님도 모두 하늘님이며, 하늘을 나는 새도, 들판에 피어 있는 한송이 꽃도, 그리고 졸졸 흘러가는 시냇물도 모두 하늘님이었다.

금구 도인은 배경순과 헤어지기 전에 손으로 베껴 쓴 '동경대전'과 '용담유사'를 전해주면서 말했다.

이 책은 십년 전에 방각소에서 인쇄된 것을 우리가 일일이 손으로 베껴 쓴 책이오. 당신이 입도하면 이 책을 여러 권 베끼고 공부하여 접을 만들고, 접의 글을 아는 이로 하여금 다시 베끼도록 하시오.

경순이 책을 지니고 돌아왔더니, 그 뜻이 순하고 어렵지 않아서 아버지도 능히 읽을 만했다. 이전에 유분도가 서학을 권했을 적에는 신에 질렸다더니, 이번에는 책을 정성스레 베끼는 모습이 유난스러웠다.

동학의 어떤 점이 아버지 마음에 드시우?

했더니 배춘삼은 잠깐 생각해보고 나서 말했다.

우리 하늘님은 내 안에 들어와 나와 함께 있다니 얼마나 좋으냐. 네 안에도 있고 느이 엄마 속에도 있고 저 밥에도 있다면서?

  우리가 밥 먹으면, 하늘이 하늘을 먹는다네요.

 이렇게 얼음과 눈이 녹아 삽시간에 개울이 넘치고 도도한 강물이 되듯이 동학의 접과 포는 늘어갔다. 이후 접이 이루어져 배씨 부자가 가까운 고부와 정읍 등지로 나들이를 다니는데, 모임에 가면 상하 귀천 남녀 존비를 가리지 않고 서로 사인여천이라 하여 꼭 맞절을 하며 존댓말을 쓰고 서로 존경하는 데서 마음이 깊이 통했다. 그러고는 모임하는 곳이 여염집이나 객점이라 할지라도 밥이거나 죽이거나 떡 한개가 되었거나, 아침이고 저녁이고 서로 도와주고 서로 잡수시라는 데서 모두 한집안 식구같이 한마음이 되었다.

  배춘삼은 동학을 알고 나서 이미 피가 끓던 아들을 말릴 수가 없었다. 경순은 박돌이네 걸립패들 중에 뜻이 맞는 이들과 더불어 다른 고장으로 나다니며 시골 대동굿 패들을 합대시켜서 거의 육십여명의 풍물패를 만들었다. 그렇게 밖으로 나다니던 중에도 곰소댁에게서 자식을 낳아 정성 성에 하늘 천, 성천이라고 이름 지었다. 춘삼이 부부는 며느리와 더불어 손자 성천이를 기르며 아들이 무사하게 돌아올 날만 기다렸다. 경순은 교주 신원과 동학도에 대한 관아의 침탈을 항의하는 공주와 삼례의 집회에 참여하고 곧이어 이듬해 보은 집회에까지 갔으니, 그야말로 풍찬노숙이 따로 없었다. 배춘삼은 서학을 믿던 유분도의 예로써 알고 있어서, 동학을 가슴에 품고 온 식구가 주문도 외우며 깊게 믿고 있었지만 접을 조직 한다거나 드러내놓고 동학도임을 알리지 않아서 관의 압박을 당하지는 않았다.

  교조 신원에 대한 동학도의 진정에 관의 반응은 신통치 않았고, 보은에 이만여명이 모이자 군병을 동원하여 무력을 행사할 뜻을 보였다. 이에 전라도를 중심으로 한 남접에서는 봉기할 준비를 하고 있었다. 때마침 무능하고 부패한 왕조에 대하여 전국적인 민란이 두해 동안 끊이지 않고 계속되었다. 전봉준을 위시한 동학도들이 고부 백산에서 봉기하여 황토현에서 전주 영병을 패퇴시키고 승리했다. 이 전투에 배경순이 농악패를 이끌고 참전했는데, 북과 꽹과리와 새납 태평소 소리가 천지를 진동하고 군병의 사기를 올려주었으며, 나아가고 물러가고 휘돌고 돌격하며 속도를 내거나 늦추거나 하는 신호를 하여 대접주들은 다른 전투에서도 농악대를 십분 활용하게 되었다. 김개남 손화중 등 다른 전라도 지방의 대접주들도 여러 지방 관아를 점거하고 총포 대포 창 칼 화승총 등 무기를 노획하여 몰려들었고 전주성을 함락시켰다.

이때 조선 정부는 청나라에 도움을 요청했고 육천여명의 청군이 선발대로 아산만에 상륙했다. 일본군도 팔천여명의 병력이 인천으로 상륙하여 경복궁을 점령해버렸다. 동학군과 전주 감영군은 나라의 위기를 깨닫고 화약했으며 전주와 각 지방 관아에 집강소를 설치하여 소강상태가 지속되었다. 청일전쟁이 한반도와 청나라 내부로까지 번졌고 일본의 승리로 청은 한반도에 대한 모든 권리를 상실했다. 이때부터 동학농민군은 '서양 오랑캐와 일본 오랑캐를 물리치고, 나라를 지켜 백성을 편안케 하라'는 척양척왜 보국안민(斥洋斥倭 輔國安民)을 기치로 내걸었다.

전라도와 충청도의 남북접 동학군이 여러 지방에서 승리하고 또는 패퇴하면서 논산에서 회동했다. 이들 일만여명의 농민군은 서울로 진군하기 전에 마지막 중요 거점이자 충청도 감영이 있는 공주성을 목표로 작전을 시작했다. 본진의 중군 총대장은 고부에서 일어난 전봉준이란 서당 훈장 하던 사람이라는데 경순은 먼발치로만 보았다. 각 지방에서 올라온 접주들이 있었고 그 위에 대접주와 도접주들이 있었다. 배경순도 백여명의 대를 이끄는 접주가 되어 위로는 천여명을 이끄는 대접주의 명을 받았다.

동학군은 복색도 제각각, 병장기도 천차만별이었다. 패

랭이에 덧저고리나 쾌자 전복 걸친 놈에, 털벙거지 쓰고 사령배 복색을 한 놈, 맨상투에 두건 쓴 놈 등 각양각색이었다. 들고 있는 병장기도 환도에 괭이, 쇠스랑, 장창, 죽창, 그리고 활과 화승총에다 대접주들은 천보총도 가지고 있었다. 경순에게도 장창을 가지려느냐 해서 아무거나 주는 대로 받아 가졌다. 논산에서부터 공주로 가는 길에는 농민군이 하얗게 깔렸다. 오가는 말을 들으니 경기도 어름에서부터 본진의 한양 입성을 위하여 요소마다 동학 농민군이 일어났는데, 삼남의 군세까지 합치면 십여만이 넘을 거라고 했다. 충청도에서 보은 옥천 거쳐서 치고 올라온 손화중 부대와 전라도에서 전주와 삼례 거쳐서 논산에 이른 전봉준의 중군 부대를 합치니 그 수가 사만여명에 이르렀다. 풍물 부대를 맡은 배경순은 행렬의 선두에 섰다. 각 지방의 두레패에서 뽑았다는 길군악 패가 태평소 불고 사물을 두드리며 행군하니 북, 장구, 꽹과리, 징 치는 소리가 천지를 진동하여 듣는 이마다 태산이라도 무너뜨릴 것 같은 장쾌한 감정을 일으켰다. 그때까지만 해도 공주 감영을 점령하는 것은 손바닥 뒤집기라고 모두 껄껄 웃으며 얘기했다.

  진군에 앞서 충청 감사에게 동족을 치려 하지 말고 힘을 합쳐 왜병을 몰아내자는 편지를 보냈으나 응답이 없었다고 한다. 노성에서 진을 나누기로 하여 일대는 서쪽으로 나아가 이인역으로 진격하고, 남쪽으로 나간 일대는 경천을 지나 널고개를 향하여 나아갔다. 정찰병이 돌아와 홍성과 유구 방면에서도 농민군이 공주를 협공하고 있으니, 감영은 포위되어 보자기 속에 든 것과 같다고 전했다. 십일월 여드렛날, 동학군이 장쾌한 풍물소리와 함께 사방에서 폭풍처럼 몰아치며 올라가니 관군과 일본군은 우금치의 좌우 산등성이로 물러나 진을 쳤다. 우금치 고갯마루를 차지하면 한눈에 공주 성내가 내려다보이는 터라 그곳만 빼앗으면 금강 이남은 모두 무너질 판이었다. 듣자 하니 한양에서 내려온 조선 경군 삼천명에 일본군은 이백여명이라 했는데 그들은 모두 양총을 가지고 있었고 회전 기관포를 두대나 양쪽에 거치해놓고 있었다.

관군 출신 민병의 말에 의하면 양총은 장약과 연환과 화승이 탄환으로 일체화되어 방아쇠만 당기면 폭발하여 탄환이 나간다는데, 저들이 열발을 쏠 동안 조선 화승총으로는 한발을 쏘기도 어렵다고 했다. 화약 넣고, 총구에 연환 재고, 불 댕긴 노끈 물린 공이로 쳐야만 화약이 터지면서 총알이 나간다. 양총은 가히 천보 이상 나가는데 화승총은 겨우 백보쯤 나가고 백오십보에 이르면 맞지도 않는다. 대접주 몇 사람이 가지고 있던 천보총은 지방 관아를 칠 때

빼앗은 것들인데 비록 사거리는 양총만큼은 나가도 별수 없이 화승총의 일종이었다. 조선 화승총은 날씨 궂은 날은 물론이요, 습기 많은 이른 새벽과 밤중에는 화약이 잘 터지지 않았다.

 동학군은 처음에는 징에 꽹과리에 북을 장하게 짓치면서 고개를 향하여 돌격했다. 따다닥 따다닥 하는 폭죽 터지는 듯한 소리가 나면서 탄환이 날아오는데 무슨 벌레 소리 같았다. 사람들이 픽픽 쓰러졌다. 맨 앞에서 화승총 가진 대열이 나아가면서 일제히 총을 놓았지만 거리가 미치지 못했다. 그래도 농민군은 앞으로 뛰어나갔고 가을 추수에 볏단 넘어가듯 대열이 일제히 쓰러지곤 했다. 경순이 자세를 낮추고 맨땅을 기어오르다 보니, 관군과 일본군은 열을 지어 앞 열이 쏘고 뒤로 빠지면 뒤에 있던 열이 앞으로 나와 쏘고, 다시 그 뒤 열이 자리를 바꾸는 식으로 사격했다. 경순이 고개 중간쯤 얼어붙은 땅 위에 엎드려 있었는데, 마른 풀 사이로 올려다보니 피투성이가 된 사람들이 고갯마루에 하얗게 쓰러져 있었다. 적에게 가까이 접근도 하기 전에 모조리 맞아 죽은 것이다. 그중에는 경순처럼 총알을 피하여 시체들 사이에 엎드려 있는 사람도 있었고, 부상을 당하여 아프다고 비명을 지르는 사람도 있고 주저앉아 우는 사람도 보였다. 군령이 내렸는지 다시 아래쪽에서 수천의 농민군이 함성과 북을 울리며 돌격해 올라왔고 엎드려 있던 경순을 지나 위로 전진했다.

갑자기 작대기로 마루를 두드리는 듯한 소리가 들리면서 앞서 지나간 사람들이 쓰러지는 게 보였다. 그것은 기관포 사격 소리였고 동학군도 남도의 어느 군영에서 노획한 적이 있었다. 손잡이를 돌리면 여러개의 총구가 빙빙 돌면서 총알이 빗발치듯 쏟아져 나온다니 화승총에 비하면 거의 수백 자루의 몫을 해내는 셈이었다. 화승총 두발 쏘는 사이에 연거푸 사백발을 쏠 수 있다고 했다. 이전에 농민군 측에서는 회전 기관포를 얻고도 탄환이 없어서 쓰지도 못하고 그냥 버려둔 적이 있었다. 두번째 접전에서 만여명의 농민군은 삼천명으로 줄어들었다. 그게 아마도 정오 지나서 미시 무렵이었을 것이다. 경순이 빗발치는 총탄을 피하여 고개 아래로 정신없이 쫓겨 내려오니 살아남은 사람들도 성한 사람이 거의 없었다.

마지막 싸움은 아마 신시쯤 짧은 저녁 해가 넘어갈 무렵이었다. 도인들은 대접주나 접주나 일반 민병이나 모두 제정신이 아니었다. 어떻게든 죽은 사람들의 목숨값을 위해서라도 우금치 고개를 점령해야 한다는 결심이었다. 모두 눈에 핏발이 서서 누구 하나 그만두자는 이가 없었다. 일단 고개 중턱까지 달려가서 숫자로 밀어붙이면 창과 칼로 그들을 해치울 수 있다고 생각했다. 어떻게든 진지 가까이 접근하는 게 목적이었다. 쓰러지는 자는 쓰러져도 남은 자들이 창과 칼 등의 병장기를 들고 올라가 육박전으로 해치우자는 것이다. 먼저 벼락 치듯 소리만 요란한 화승총을 일제히 쏘고 수천명이 와아, 하는 함성을 내지르며 농민군이 일제히 고갯마루에 올라서는데 다시 그 기관포 소리가 들려왔다. 탄환의 불똥이 보여서 좌우에 포가 두문이라는 걸 알 수 있었다. 따다닥, 따다닥, 하는 소리가 끝없이 들려왔고 경순이 올려다보니 모두 죽었는지 엎드렸는지 일어선 이가 하나도 보이지 않았다. 비탈 곳곳에 엎드렸던 사람들이 몸을 돌려 아래로 달려 내려가기 시작하자 고갯마루에서 엎드려쏴 자세로 사격하던 관군과 일본군들이 일어나 총을 쏘면서 퇴각하는 농민군의 뒤를 쫓았다. 경순은 총을 맞고 비탈에서 굴러내렸고 곧 뒤쫓아온 일본군이 그의 등 뒤에 확인 사격을 가했다. 중군을 이루었던 호남 동학농민군 일만여명이 죽고 다치고 흩어지니 겨우 오백여명이 남았다고 나중에 알려졌다.

조선 관군과 일본군의 연합 토벌군이 위로는 황해도와 강원도, 그리고 충청도의 첫 길목인 천안 목천에서부터 공주 아래 세 길로 나뉘어 일부는 경상도로 가고, 충청도 각 지방 군현과 전라도를 휩쓸었다. 토벌군은 지방에 따라 작게는 백여명에서 많게는 천여명에 이르기까지 양민을 학살했다는데, 동학도의 농민군뿐만 아니라 전투가 일어난 인근 지방의 백성들까지 함부로 죽이고 빼앗고 부녀자를 겁탈했다. 동학에 들거나 동조했던 아전이나 관원 들은 물론이요, 무슨 대수라도 난 것처럼 휩쓸려 다녔던 농군 중에도 도인들과 난리에 참가했던 동료들을 고발하여 상금도 타고 벼슬도 얻고 한다는 소문이었다. 그해 내내 전국 팔도에서 쫓기는 동학의 패잔병들과 토벌군 사이의 싸움이 계속되었으니, 일본군과 더불어 조선 관군이 자기 백성에 대한 골육상쟁에 나섰던 것이다. 이러니 나라가 망하지 않고 배겨날 수가 있겠는가. 이때 누구는 삼십만이 죽었다 하고, 누구는 다시 의병 투쟁까지 이어졌으니 오십만은 죽었을 거라고 말했고, 얼마 안 가서 나라는 일본에 먹히고 말았다.

배춘삼은 아들이 우금치 싸움에서 죽었다는 소식을 풍편에 전해 들었다. 그는 줄포의 객줏집을 폐하고 오래전부터 바라던 대로 부안에 사두었던 농토를 찾아가 여생을 조용히 보내고자 하였다. 그의 귀한 손자 성천은 논에서나 밭에서나 농사 잘 짓는 상일꾼으로 자라났다.

8

 팽나무는 여전히 하제 마을 그 자리에 서 있었다. 큰 팽나무의 절반쯤 나이 먹은 작은 팽나무도 이제는 삼백살 가까이 되었다. 공주 우금치에서 동학농민군이 패배하던 그때로부터 마흔 몇 차례의 겨울이 지나갔다.

 조선 왕조는 서구 열강의 자극을 받아 대한제국으로 개화하면서 버티었으나, 조선 국내와 만주에서 벌어진 러시아와 일본의 전쟁에서 일본이 승리하면서 조선은 일본의 보호국으로 전락했다. 대한제국이 망하고 일본이 점령하여 합병한 지 수십년이 지나갔다.

 예전 옥구현 읍의 서쪽 해변에서 무의인도까지 십오리, 그리고 그 아래 오십리에 걸쳐 둑을 쌓으며 간척공사가 시작되었다. 옥구 저수지를 중간에 두고 북쪽에는 원래의 군산부가 있고 병원도 있으니 일본 본토의 일본인들을 모집하여 이주시킨 불이 농장이 생겨났고, 저수지 남쪽은 조선인들을 모아 간척을 했다. 간척공사에 들면 노임도 후하게 지불하고, 소작권을 영구히 보장해주며 소작료를 삼년 동안 면제해준다며 일꾼을 모았다. 그러나 임금은 지급되지 않았고, 오히려 수리 시설을 만들어주었다며 소작료에 물세까지 가산했다. 상제, 중제의 동쪽 갯벌에 있던 염전은 경작지로 변했다. 이제 물이 닿는 하제 포구는 예전보다는 못했지만, 좌우에 넓고 풍요로운 갯벌은 남아 있었다.

상제 중제 마을은 염전이 간척지로 변하는 동안 주민들이 많이 떠났고 더구나 일본인 개척민이 들어오고 군산포가 항구로 개항하고 일본인들의 시가지가 생겨나며 생활이 바뀌었다. 상제, 중제, 하제로 이어지는 선연리의 긴 소나무 언덕과 모래사장은 해당화와 함께 앞바다에 드문드문 떠 있는 섬들의 산봉우리 사이로 떨어지는 낙조의 경치로 유명한 장소가 되었다.

어느 해부터인가 일본 육군비행장이 생긴다고 조선 신문에 보도가 나더니 불이 간척지가 최적지라는 소문이 돌았다. 중일전쟁이 시작된 해에 군산부의 일본인 관리들은 상제와 중제의 이장을 불러 마을 전체가 비행장 부지로 결정되었음을 통보했고, 일년 이내에 모두 퇴거할 것을 명했다. 하제는 아래 남쪽으로 포구에 가까이 갈수록 집들이 더 들어섰고 안쪽으로는 예전보다 더 한산해졌다. 하제 포구에는 어선이 전보다 더 많이 정박하게 되었다. 옥구 쪽에서는 유일한 어항이었기 때문이다.

이 시기가 일본의 식민지 점령 기간 중 가장 압박이 극심한 때였는데, 학교에서 조선어 시간을 없앤다든가, 조선의 고등교육 내용을 농업 공업 등 실기 위주로 바꾸었다. 전 조선인의 성과 이름을 일본식으로 바꾸고, 신사참배를 하지 않는 교회와 학교를 폐쇄하고, 조선어 잡지, 도서, 신문을 폐간했다. 식량과 일용품의 배급제를 실시하고, 전시 체제에 맞는 남녀의 복장 개조, 전 조선인의 노력 동원, 전 조선인 남성에 대한 징병제를 시행하고, 학생의 징집 연기제를 폐지하고 학병제를 실시했다.

일본 육군 당국은 외지에서 모집한 인부들과 인근 농촌의 농군들을 모아서 비행장 공사를 시작했다. 비행기를 간수할 격납고와 군 병력이 사용할 막사와 정비소와 각종 부대시설을 지었다. 그리고 너른 연병장이며 두줄의 긴 비포장 활주로를 닦았다. 비행장이 생기면서 상제, 중제 마을은 없어지고 주민들의 절반쯤이 군산부로 일자리를 찾아 떠나거나 인근 마을로 흡수되었고, 절반쯤은 하제의 빈 땅에 살 집을 짓고 갯벌과 바다를 바라고 살아갔다.

하제 마을에서 중제로 통하던 길 가운데가 울타리로 막히고 초소가 생겼다. 하제 마을의 가장 안쪽, 비행장 울타리 곁에 있던 큰 팽나무는 언제부터인가 더이상 서낭님이 아니었다. 나무 옆에 늘 정화수를 떠 놓았던 당집은 이미 옛날에 없어져버렸고, 나무 옆에 지었던 조촐한 집은 그대로 남아 있긴 했지만 이제는 주막집이 되어 있었다. 주막은 어느 타지에서 흘러들어온 오십대 부부가 열어놓은 것이었다. 어쨌든 큰 나무 두그루가 같은 자리를 지키고 서서 계절의 변화를 보여주며 잎 나고, 그늘 주고, 열매 열고, 단풍 들며, 낙엽 지고, 겨울 가지를 드러내니 그 아래 마당은 여전히 마을 사람들이 모여서 놀거나 쉬기 좋은 곳이었다.

일본은 본토 여러 곳에 육군비행학교를 세웠고 그중 후쿠오카의 다치아라이 육군비행학교의 조선 분교를 군산에 설립했다. 군산에 조선 분교를 세운 것은 일본이 하와이 진주만을 기습한 직후의 일이며, 군산 비행장 활주로 확장 공사가 이루어진 것도 그 무렵의 일이었다. 태평양 전쟁 이후의 비행학교 교육은 기본 비행훈련 육개월로 속성이 되었다. 이때 한해에만 비행 훈련병은 팔천삼백명으로 상반기와 하반기 두 차례에 걸쳐 가장 많이 모집되었다. 군산 일본 육군비행학교에서는 일년 동안에 이백명의 조종사가 배출되었다. 이들 가운데 조선인이 몇명이나 포함되었는지 알 수 없으니 모두 일본어를 말하고 일본 이름을 썼기 때문이었다. 그러나 조선 분교인 만큼 조선인 훈련병이 많이 섞여 있었을 것이다. 속성 지상 교육 삼개월은 지상에서 글라이더 활공 훈련, 특수 체조, 항공 전술, 기재와 정비, 항공기상, 구보 및 행군, 구급조치법, 권총 사격 등을 교육했다. 비행 교육은 나머지 삼개월 동안 실시했는데 훈련기는 중일전쟁 초기에 많이 사용했던 95식 복엽기가 열대, 독일식을 복제한 융만 연습기가 스무대 있었다. 비행 교육은 군산 비행장의 비포장 활주로에서 이착륙 반복훈련 오십시간을 받았다. 비행학교의 상부와 교관 기간병들이 모두 알고 있으며 생도들만 몰랐던 특공 임무를 위한 속성 교육이었다. 얼마 지나지 않아서 온 세상이 알게 되는 가미카제가 그들이었다. 가미카제는 폭탄을 가득 실은 전투기를 몰고 날아가 적의 군함에 충돌하는 자살 특공대의 별명이었다. 군산에서 속성 교육을 육개월 만에 마친 비행학교 생도들은 후쿠오카의 다치아라이 육군비행학교 본교로 가서 몇주 동안의 마무리 교육을 받았다. 편대비행, 특수비행, 공중사격술, 회피기동, 그리고 가장 중요한 급강하와 초저고도 침투 비행 등이었다. 종전 가까운 말기에 가서는 이런 훈련도 없이 그대로 전장으로 직행했다.

비행학교 속성과 생도들은 대개가 십팔세부터 이십세까지의 새파란 청소년들이었다. 생도들은 모두 누런 국방색의 계급장 없는 군복에 야전 약모를 쓰고 중대별 막사에서 오십명씩 같은 내무반 생활을 했다. 각 과목별 교관들은 장교들이었고 내무반에 직접 상관하지 않았다. 육군 오장과 조교 상등병이 생도들의 내무반 생활을 지휘 감독했다. 이들은 일과를 끝낸 밤이나 일요일 오후에 수십명씩 교대로 빠져나와 하제 마을에서 술과 어패물을 잔뜩 먹어치웠다. 물론 대개가 선임 중대의 생도들이었다. 그들이 졸업하고 사라지면 바로 다음 기수가 그런 특권을 누리게 되어 있었다.

하제 마을 사람들은 처음에 비행장이 생기고 낯선 젊은 이들이 철조망 너머로 보이기 시작할 때는 그들도 순사나 헌병처럼 어려운 사람들로 생각해서 멀찍이 두고 말도 섞으려고 하지 않았다. 그러다가 그들이 초소를 지나 마을에 드나들기 시작하고 푸성귀와 생선을 사고 주막에도 오기 시작하면서 그들은 아직 군인이 아니라 학생 비슷한 처지로 아들이나 조카뻘의 앳된 젊은이들이라는 걸 알게 되었다. 마을 사람들은 읍내와 시가지를 드나들면서 간단한 일본어를 할 줄 알아서 그들과도 의사를 통하게 되었다. 한 해 두해 수많은 젊은이들이 교육받고 지나가는 동안 그들은 이제 마을 사람들의 일부분이 되었다. 아침저녁으로 비행기 정비하며 발동 거는 소리나 이착륙 연습하는 비행기의 낮게 날아가는 프로펠러 소음에도 익숙했고, 연병장을 행군하며 불러대는 일본 군가 소리도 무슨 노래인지 구별할 수 있었다.

'하늘을 대신하여 불의를 치는, 충용무쌍한 우리 병사는'이라고 시작되면 그건 육군의 노래였고, '보라 보라 하늘의 거친 독수리, 그침 없는 전투의 날개를 펴고' 하면 항공대의 노래였다.

팽나무 주막집 부부는 아들 식구와 함께 불이농장 소작지에서 살다가 비행장 공사 때에 함바에 들어가 일을 하면서 농사에서 술장사로 업을 바꾼 가족이었다. 아주머니와 아저씨는 말도 느리고 동작도 느렸지만, 맘씨 착하고 인정 많은 충청도의 농민이었다. 그들 부부는 하제에 와서 우연히 다 쓰러져가던 폐가를 찾아냈고 비행학교 생도들의 단골 주막으로 먹고살게 되어 다행이었다. 주막업은 언제나 떠들썩하고 버릇없는 어린것들을 받아주는 일이라 힘들긴 했지만, 월말이 되면 어김없이 녀석들의 급료가 나왔고 인솔하는 조교나 오장이 신용이 있어 밀린 술값도 꼼꼼히 계산하여 갚아주었다. 다만 언젠가부터 술값 내기 총질이 시작된 것은 그들을 말릴 수가 없어서 더욱 안타까운 일이었다. 누가 먼저 시작했는지 그들은 주막집 앞마당 건너편에 서있는 작은 팽나무를 사격 표적으로 삼았다. 물론 부대에서는 금지된 일이었겠지만 외출하면서 권총 두 자루를 가지고 나왔다. '난부 피스톨'이라거나 '14년식'이라고도 했다. 권총은 조종사에게 지급되는 무기였다. 손잡이에 밀어 넣는 탄창에 여덟발의 탄환이 들어 있었다. 탄창은 경우에 따라 열갑이나 그 이상이 되기도 했다. 마분지에 동그라미 두개를 겹쳐 그린 표지를 팽나무에 걸었다. 일행이 열명이든 스무명이든 그들은 패를 가르기 위해 인원을 절반으로 나누었다. 조교 상등병이 내기의 규칙에 따라 진행하여 난잡해지거나 하진 않았다. 한쪽에서 술을 마시다 자기 차례가 오면 권총을 들고 나섰다. 나무에 걸린 표적을 향하여 한발씩 쏘았다. 인원이 적으면 개인당 사격 수가 늘었고, 인원이 많아지면 겨우 한발씩만 돌아갔다. 어떤 경우에는 최강자만 골라서 한 탄창을 다 쏘고 점검했다. 지는 쪽이 술값을 다 내는 것이다. 이것은 사격 연습도 겸하는 내기였고 그들은 총소리와 사격의 결과에 따라 환성이나 탄식을 내지르고 만세를 부르고 기분을 들뜨게 했다. 이긴 편은 어깨동무를 하고 군가를 불러댔다.

어버이 나라를 이제 막 떠나
이기지 않고는 살아 돌아오지 않으리
다짐하는 마음의 용맹함이여

　속성 교육을 마친 생도들은 군산항에서 수송선을 타고 후쿠오카로 직행했다. 이들은 대개 하제 포구 마을로 몰려나와 떠들썩하게 마지막 밤을 보내곤 했다. 어느 날 팽나무 주막 아주머니는 부엌에서 나오다 떠들썩한 소음 가운데서 만취한 목소리를 들었다. 그 젊은이는 일행과 따로 떨어져 음식이 나오는 부엌 옆방의 툇마루에 허리를 잔뜩 꼬부리고 앉아 있었다. 그는 혼자서 조그맣게 혀 꼬부라진 소리로 노래하려고 애를 쓰는 것 같았다.

아리랑 아리랑 아라리요
아리랑 고개로 넘어간다
아리랑 아리랑 아라리요
아리랑 고개로 넘어간다

　한 구절만 기억하는지 자꾸 그 대목을 되풀이했다. 뒷날에 아주머니는 여러번 얘기하지 않고 조심스럽게 한 두어번 말했다.

그 속에 조선 사람이 끼었을 줄 누가 알았것슈.

일본 후쿠오카의 다치아라이 육군비행학교 본교와 군산 분교에서 속성 교육을 받은 조종사들은 거의 필리핀 근해나 오키나와 해상에서 전사했다. 그들은 폭탄을 장착하고 기름을 가득 채운 제로센 전투기를 몰고 미군의 함정을 향하여 돌격했다. 기지의 상관들은 조종사들이 출격하기 전에 유서 쓰기를 권했고 '귀환하지 말고 용감하게 죽을 것'을 명했다. 가면 돌아올 수 없는 직선 같은 외길이었다. 그들이 아무 생각 없이 하제 마을에서 푸른 나무를 향하여 사격했던 그 총알이 자기 자신이 될 줄 몰랐다.

어쨌든 하제 마을의 작은 팽나무는 몇년 동안 끊임없이 사격을 받았고, 그 자리가 움푹 패고 짓무르고 썩어가더니 죽어버렸다. 나중에 잎 없는 마른 나뭇가지를 쳐들고 서 있던 팽나무를 마을 사람들이 베었다. 사람 사는 데서 죽은 나무는 흉조라고 했다. 큰 팽나무 할매 혼자 처음부터 있던 그 자리에 남아 있게 되었다.

9

　배동수는 천구백칠십년대에 외가가 있던 하제 포구에 방학 때마다 가서 열흘 이상씩 지내다 오던 일을 기억하고 있었다. 동수네 집은 부안 동진면에 있었다. 옛날 말로 방앗간이고 신식으로는 정미소라고 했다. 부안은 김제 평야에 잇닿은 너른 들판이었고 오래된 논과 일정 때부터 근래에 이르기까지 간헐적으로 계속되었던 간척공사로 생겨난 새 농지가 서쪽 동진강 하구와 계화도 갯벌까지 이어져 있었다. 정미소는 가을 추수 후에 온 식구와 일꾼들이 새벽부터 밤늦게까지 기계를 돌려야 할 정도로 눈코 뜰 새 없이 바빴다. 그 시절 농가에서는 탈곡하지 않은 벼를 가마니에 담아 보관했고 집집마다 절구로 찧고 키를 흔들어 벼 껍질을 날려서 밥을 해 먹었다. 가까운 곳에 정미소가 있으면 내다 팔 곡물은 모두 탈곡해서 넘기지만, 대개의 농가에서는 다달이 한두 가마씩 도정해다 먹었고 그러면 햅쌀처럼 찰지고 맛있는 밥을 먹을 수 있었다. 그래서 정미소 기계는 쉴 새 없이 사철 돌아가기 마련이었다. 어장 파시를 따라오거나 간척지를 분여받고 들어온 타지인들도 늘어 읍내는 반 도회지가 되었다. 농협에서 농업근대화 사업이 시작되면서 현대적인 설비를 갖춘 대형 도정공장들이 들어섰고, 농촌 마을마다 있던 정미소들은 한둘씩 통폐합되었다가 차례로 문을 닫았다. 동수네도 팔십년대 초에 모두 정리하고 군산으로 이사했다.

동수가 고향이라고 떠올리면 이상하게 부안에 살던 기억보다는 방학 때만 놀러 갔던 하제 외갓집이 더 아늑하고 정답게 여겨졌다. 부안 집은 창고와 방앗간에 붙어 있는 회색 담벽의 오래된 일본식 집이었다. 녹슬고 부분적으로 수리해서 함석과 슬레이트가 겹겹이 얹힌 지붕에, 벽도 그냥 나무 기둥에 슬레이트를 둘러친 공장은 늘 원동기의 소음과 천장까지 날아오른 먼지가 가득했다. 온통 초록색 논으로 둘러싸인 벌판 가운데 섰던 오래된 창고 같은 정미소와 판자에 회색빛 시멘트를 뿌린 적산집은 어쩐지 늘 삭막했다.

동수네 집 남매들은 방학 날이 오면 모두 외갓집으로 갈 준비를 했다. 동수는 집에서 유일한 아들이고 막내이기도 했다. 위로 두명의 누나가 있었다. 처음에는 엄마가 그들을 데리고 갔지만 다음부터는 아이들끼리 갔고 당연히 네 살 위인 큰누나가 책임 인솔자가 되었다. 그들은 방학 숙제 할 준비물은 거들떠보지도 않았다. 우선 외가에 가서 신나게 놀고 돌아와서 방학 막바지에 일주일쯤 정신 바짝 차리고 해치우면 된다고 생각했기 때문이다. 다만 그것은 동수와 작은누나의 생각이었고 큰누나만 혼자서 책가방에 학습지와 숙제할 준비물을 챙겼다. 엄마는 외할머니와 외삼촌네 아이들이 좋아할 인절미와 팥시루떡을 한 보따리 만들어 아이들 손에 들려 보냈다. 집에서 동진강 쪽으로 시오리쯤 올라가면 문포 나루가 나왔는데 당시는 뱃길이 막히기 시작했지만 예전에는 태인까지 올라갔다는 나루였다. 출항 시간도 물때에 맞춰야 해서 날과 계절에 따라 달랐다. 부근의 어촌이나 포구에서는 주민들이 달력마다 장날과 함께 물때 날짜마다 동그란 표시를 해놓았다. 이전에는 긴 평저선에 사공 둘이서 삿대와 노를 쓰거나 선미의 양쪽에서 노를 저어서 건너는 나룻배뿐이더니, 언젠가부터 쏘내기라고 발동기를 꽁무니에 매단 동력선이 나와서 전보다 훨씬 빠르게 갈 수 있었다. 어선이나 나룻배나 모두 동력선으로 바뀌는 중이었다.

　얼릉 타슈, 물때 맞출라니 바쁘요.

　만조로 바닷물이 찰랑찰랑 들어온 포구의 배 앞에서 사공이 기다리며 승객들을 재촉했다. 나룻배는 동진강 어귀의 계화 양지항에 들르고 만경강 심포에 들렀다가 하제 포구에 닿았다. 돌아올 때는 다시 하제에서 출발하여 심포, 양지 들러 문포로 돌아오는 항로였다. 양지항을 거쳐 동진강과 만경강이 합쳐지는 하구에 이르면 바로 건너편에 하제가 보이지만, 급해도 잠깐 참아야 하는 것이 심포를 들러야 하기 때문이었다. 쏘내기 배가 심포에서 하제를 향해 만경강 수로를 따라 곧장 내려가면 강이 얕아지면서 배는 천천히 갯골을 따라 올라갔다. 통통 통통 하는 엔진 소리가 낮아지고 배는 가끔 수면 아래 갯벌 바닥에 닿기도 하면서 하제의 선창에 도착했다. 바다 밀물과 합쳐진 샛강의 위로 아래로 어선들이 빽빽하게 매여 있었다.

　여름에 동수가 외할머니 집에 가서 좋았던 것은, 할머니가 마주 앉아서 찬물에 찰보리 섞은 밥 말아서 한 숟가락 뜨면 얹어주던 굴비와 열무김치였다. 오전에 물 빠진 갯벌에 나가 놀다 땀 흘리고 돌아오면 다른 반찬 없이 그 두가지만 있으면 군소리 없이 먹어치웠다. 하제 마을 사람들은 가을부터 겨울까지 박대를 잡아 껍질 벗겨 말려두었고, 칠산 바다 조기는 봄부터 알배기를 잡아 염장하여 말려서 항아리 겉보리 속에 켜켜로 담아 간수했다. 동수네 집에서도 이런 먹거리를 어쩌다 먹을 수 있었지만, 포구의 외갓집에 가면 신기한 음식이 많았다. 갯벌에 지천인 칠게도 하제에서는 제일 작고 연한 것들만 골라 장에 담그면 몸통과 다리를 한번에 아작아작 씹어 먹는 재미가 있었다. 하제 마을은 해가 갈수록 집도 많이 들어섰고 특히 포구 앞에는 술집과 식당이 줄지어 늘어서서 부안 읍내처럼 복잡해졌다. 집들이 서로 바짝 붙어서 사방으로 골목길이 생겨났다. 처음 오는 사람들은 두리번거리며 이 골목 저 골목으로 목적지를 찾아 헤매야 했다.

예전부터 하제 마을 뒤 소나무 언덕을 넘어가면 금강에서부터 시작되는 내초도 갯벌과 연이어진 수라 갯벌이 펼쳐졌고, 물이 썰 때 좌우로 돌아보면 만경강 건너 거전 갯벌, 또 그 너머 동진강 하구의 계화 갯벌에서 해창 갯벌까지 아득한 검은 벌판이 내다보였다. 강 세 줄기가 이루어낸 하구들이 바다와 만나는 그 엄청난 갯벌 천지에 게 소라 조개 물고기가 가득했고 철새들이 구름처럼 날아와 먹이를 다투었다. 어촌 동네마다 공동 어살을 쳤고 갯벌 곳곳으로 점점이 흩어진 사람들은 자기 동네 근처 갯벌에서 조개를 캤다. 남자 어른들은 어선을 타고 고군산섬 부근

연안 어장으로 나가거나 좀더 멀리 칠산 앞바다까지 내려갔고 조기 철이면 고기떼를 따라 북쪽 멀리 태안반도 거쳐서 연평도까지 올라갔다. 나이 든 어른들은 대개 연안 어업에 나가서 길어야 사나흘쯤 바다에서 보내곤 돌아왔지만, 젊고 욕심 있는 남자들은 추자도, 흑산도, 태안 그리고 연평도까지 나가서 삼개월에서 반년까지 파시를 따라다니다 낯선 나그네가 되어 돌아왔다.

집에 남은 할머니 엄마 들은 모든 어촌 아낙네가 그렇듯 그냥 밥해 먹고 놀고 앉아 있지를 못했다. 집에 있으려고 해도 물때가 되면 이웃 아낙이 갯벌에 나가자고 찾으러 다녔다. 머리에 챙 모자 쓰고, 그 위에 보자기 두르고, 고무장갑에 장화 신고, 망태와 그물 구럭 메고, 어깨에 그레를 포수의 총처럼 메고 나섰다. 그레는 벌린 가위처럼 엇갈린 각목 사이에 애들 썰매에나 박는 쇠막대를 가로로 붙인 작업 도구였다. 그레는 조개를 캐는 도구였고 까마득한 예전부터 그 모양대로 만들어 전해졌다. 두개의 각목 끝을 손잡이 겸 지팡목으로 연결했는데 조개가 자갈처럼 지천이던 옛날에는 앞을 보면서 그냥 끌고 갔다고 하지만, 요즈음은 뒷걸음질로 물에 박힌 그레의 끝부분을 내려다보며 걷는다. 쇠막대기로 뻘흙 아래를 긁으며 가다보면 소리가 들리거나 뭔가 걸리기 마련이었다. 생합을 잡을 때는 쇠

끝의 감촉과 소리로 느끼고 캔다. 뻐걱, 하는 소리가 나면 대합이고 삑, 하는 소리는 중합, 아무 소리 없이 미끈, 하면 소합이다. 갯살림을 많이 해본 아줌마는 밤에 나오면 그냥 앞에서 허리 힘으로 끌고 걸어가며 느낌으로 생합을 잡았다.

  동수는 외숙모가 갯벌에 나갈 때마다 작은누나와 함께 따라나섰다. 아이들 키에 그레는 맞지 않아서 외숙모가 깔쿠리를 주었다. 깔쿠리는 작은 쇠스랑 모양의 철사로 만든 작업 도구인데 열 손가락을 펼쳐 움킨 듯한 모양이었다. 깔쿠리로는 바지락과 모시조개나 꼬막 같은 작은 조개를 캤고 겨울철이면 구멍을 보고 칠게를 캐어냈다. 외갓집은 삼촌이 어선의 선주여서 식구들에게 조개잡이 일을 너무 하지 말라고 일렀다. 새벽 물때든 오후 물때든 하루 한번만 나가서 반찬값이나 하자고 그랬다. 동수는 외삼촌에게 망둥어 낚시를 배워서 깔쿠리는 누나들에게만 주고 자기는 망둥어 낚시만 했다. 멀리서 보면 물 나간 갯벌 여기저기에 망둥어들이 돌아다니다 무슨 기척이라도 들리면 얼른 구멍 속으로 사라지는 게 보였다.

  망둥어는 앞지느러미와 꼬리로 미끄러운 갯바닥을 돌아다니는데 짱뚱어와 달리 아가미로 호흡해서 오래 물 밖에 있을 수는 없었다. 만약 망둥어를 잡겠다고 쫓아다니며 갯벌 구멍을 판다면 조개 잡기보다 훨씬 힘들고 귀찮은 일이었을 게다. 얕은 물에서 낚아 올리는 것이 세상에서 가장 쉬운 일이었다. 맨 장대에 낚싯바늘 두개 달린 낚싯줄을 매어 갯벌로 나갔다. 썰물이 남긴 물웅덩이나 시냇물처럼 보이는 갯골에 가면 망둥어들이 얕은 물에서 놀고 있었다. 그러나 망둥어를 본격적으로 잡으려면 썰물 때에 물끝자리까지 나아가서 발목을 물에 담그고 낚시를 드리우면 된다. 물론 멀리 나가기 전에 갯벌에서 뻘흙을 뒤집어 갯지렁이를 여러마리 잡아 깡통에 담았다. 바늘에 갯지렁이를 끼워 물에 넣으면 잠깐 사이에 손바닥에 느낌이 왔고 그냥 대를 처들기만 하면 망둥어가 올라왔다. 가끔은 두마리가 한꺼번에 미끼를 물기도 했다. 미끼를 끼우고, 물에 던져 넣고, 잡아 올리고, 하다보면 너무 잘 잡혀서 쉴 틈이 없을 정도였다. 잡히는 대로 그물망 구럭에 던져놓았다. 어느새 구럭이 가득 찰 정도로 망둥어가 많이 잡혔다. 망둥어는 잡아간 날 얼른 손질해서 매달아놓으면 바닷바람에 꾸덕꾸덕 반건조가 되고 이걸 연탄불에 구워 먹으면 소고기도 부럽지 않을 정도였다. 어른들은 회를 치거나 회무침으로 막걸리 안주로 제일이라고 했다. 매운탕도 맛있고 잘게 썰어 채소 넣은 물회도 맛있었다. 동수는 외가에서 지내는 동안 망둥어 잡아다 양말 빨래 널듯이 장대에 빨랫

줄 매어 고기를 말려서 심심하면 구워 먹었다.

 배동수가 하제의 할머니 팽나무를 본 것은 집이 군산으로 이사하고 중학생이 된 뒤였으니까, 아마도 팔십년대 중반쯤이었을 것이다. 큰 나무는 하제 마을 곳곳에 여러그루가 있었다. 하제 어른들 말로는 옛날 일정 때까지는 왜놈들이 못하게 해도 마을 당제를 지냈는데, 새마을운동 들어오며 면에서 지붕 개량해라, 마을 길 넓혀라, 도박, 미신 행위 하지 마라, 어찌나 들볶는지 모두 개인 집 사정대로 무꾸리나 비나리를 올리거나 그리고 배 가진 사람들이 줄어와 만선 고사를 지냈다. 일정 때 이백살쯤 된 소나무를 새로 마을 당산나무로 정했다는데, 조선 소나무라는 적송이 그야말로 낙락장송으로 곧게 뻗어 올라 우산 같은 가지와 잎을 드리우고 있었다. 마을 서쪽 곰솔 숲 고개 너머에 똑같은 소나무가 한그루 더 있었고, 또 하나는 나중에 태풍에 쓰러진 것을 누군가 외지 것들이 베어가 버렸다. 그것들을 할아버지 할머니 소나무라고 했지만, 남은 소나무가 할머니인지 할아버지인지 배동수는 잊어버렸다. 버드나무도 비행장 쪽으로 고목이 여럿 있었다. 나중에 마을이 번창하면서 누군가 심은 감나무 밤나무와 원래 있던 큰 은행나무도 있었다. 동수가 여느 때처럼 구정 설을 앞두고 외가에 갔는데, 그때쯤에 큰누나는 여상 나와 외지에 취직해 있었고 작은누나도 여고생이라 먼 곳 나들이를 하지 않던 때였다. 옛날처럼 쏘내기 배를 타고 왕래하는 시절도 아니었고, 군산 시내에서 시외버스를 타면 한시간도 안 되어 외갓집에 갈 수 있었다. 설 전이라 외삼촌은 뱃일 나가지 않고 집에 있었고 외할머니와 외숙모는 설 준비한다고 전 부치고 떡 하고 분주했다. 삼촌이 뒷마당 장독대에서 외할머니와 함께 청주를 걸렀다. 됫병들이 병에 나누어 담았고 그중 한병을 들고 나서면서 동수에게 말했다.

　이거 들고 따라오니라.

　동수는 얼결에 막 거른 청주 한 됫병을 들고 삼촌 뒤를 따라갔다. 골목골목 돌아서 비행장 철책이 있는 방향으로 계속 들어가니 맨 안쪽에 이 마을의 끝집이 나왔다. 비행장 쪽을 가리려는 것인지 마당 북쪽은 대나무 숲이 울창했고 그 앞으로 길게 창고까지 있었고 기역자집 한옥이 있었다. 집주인은 하제 마을 어판장의 여 선주네 집이었다. 마당에는 낯익은 마을 어른들 몇이 평상 주위에 모여 있었다.

　이번에 소곡주가 잘 나왔든디.

　외삼촌이 말하자 주인 아낙이 동수가 들고 온 술병을 받아 갔다. 집주인 여씨가 말했다.

　제 지내고 한잔씩 맛보세.

동수는 이 세상에 갑자기 나타난 것 같은 엄청난 모습의 나무에 놀라서 입을 벌리고 올려다보고 있었다. 거인의 발처럼 꿈틀거리며 땅속에서 솟아오른 우람한 몸통과 중간에서 갈라져 사방으로 힘차게 뻗친 가지 위에 노랗게 물들어가는 가을 팽나무 잎이 무성했다. 갑자기 그 나무 외에는 대숲이나 다른 물건이나 집이나 사람조차도 모두 사라지고 어느 깊은 산의 신령한 장소로 바뀌어버린 듯한 느낌이었다. 동수가 나무 밑에 가서 주위를 돌아보기도 하고 손으로 쓸어보기도 했더니 어느 마을 어른이 말했다.

　쟤 팽나무 보고 놀란 거 봐라.

　외삼촌도 말했다.

　처음 봤냐, 이 집이 동네서 제일 안쪽이라 못 본 거여.

　여 선주네 집에 모인 사람들은 하제 어판장 계원들로 어민들과 중개인이었다. 그때 동수는 제상 하나가 팽나무 앞에 차려진 것을 보았다. 각종 제물이 차려진 제상 아래 청주를 담은 주전자와 잔을 놓고, 어른들 칠팔명이 차례로 팽나무를 향하여 술 한잔씩 따라 올리고 절했다. 얼결에 동수도 외삼촌과 함께 절했다. 나중에 들었지만, 옛날에는 하제 서낭당 나무가 바로 그 팽나무였다고 한다. 일정 때부터 비행장 울타리 바로 옆이라 조선 사람이 많이 모이는 행사는 못하게 했고, 집이 마구 들어서며 빈 땅이 줄게 되어 팽나무는 마을 집들에 둘러싸여 보이지도 않게 되었다. 개인 집을 짓게 되면서 팽나무는 여씨네 마당의 나무가 되었고, 사연을 아는 주인은 그냥 혼자서 구정 설 전날과 추석 전날, 조상 제사 겸하여 제를 드리게 되었다. 어선들이 큰 풍랑도 맞지 않고 바다에 나갈 적마다 만선을 해주어 모두 팽나무 할매 덕분이라고 여씨가 수수하게 얘기했다. 배동수는 그렇게 하제 팽나무와 인연을 맺었고 그 뒤에도 오래 기억하게 되었다.

배동수는 어느 날 밤의 경험이 자신을 끝없이 이곳으로 돌아오게 했던 알 수 없는 힘이라고 생각했다. 그건 언제였을까. 아마 군에서 제대하고 첫 직장을 잡기 전이었을 것이다. 그는 몇년 만에 하제 외갓집에 들렀다. 외할머니는 돌아가셨고 아버지 두살 아래였던 외삼촌도 반백이었지만 아직도 어선을 타고 먼바다로 나갔다. 하제 포구는 여전히 서해안에서 최대의 조개 생산지답게 어판장에 사람들이 북적였다. 지난 십여년간 갑자기 많이 잡히기 시작한 노랑조개가 세상에 알려지고 일본에 수출되면서 그동안 주로 잡던 다른 어패류들은 뒤로 밀렸다. 하제 아낙네들은 모두 생합과 노랑조개 캐기에 나서고 있었다. 외숙모는 아이들도 크고 외할머니마저 세상을 떠나자, 동네 아낙네들과 갯벌에 나가는 게 그냥 집에 혼자 우두커니 있는 것보다 살맛이 난다고 했다. 마침 보름사리여서 밤 썰물 때에 마을 아주머니들이 갯벌 살림 하러 나간다고 했다. 동수도 외숙모를 따라나섰다. 포구 끝까지 나가 오른쪽에 까침바우산과 왼쪽 난산도 사이를 지나면 너른 갯벌이 시작되는데 경운기가 여러대 기다리고 있었다. 긴 장갑과 무릎 위까지 오는 장화 신고 그레와 구럭 망태를 멘 아낙네들이 십여명씩 경운기에 달린 화물칸에 올라앉았다. 동수는 갯벌 끝까지 타고 갔다가 밀물 전에 타고 오는 데 삼천 원이라 그래서 난데없는 택시값이라고 혼자 투덜댔다. 동수는 작업복에 장화만 신고 깔쿠리와 함지만 들고 탔다. 으레 아줌마들은 이 젊은이가 누구냐고 물었고 더러 아는 이웃 아줌마들이 누구네 집 조카라고 말하면 알아들었다. 보름사리 때는 간조가 가장 멀리 썰 때라 갯벌이 넓어지고 새로 드러난 곳엔 조개가 많았다.

　보름달이 머리 위에 휘영청 밝았다. 맞춤한 갯등에 경운기들이 멈추자 아줌마들은 제각기 뿔뿔이 흩어졌다. 동수는 외숙모의 빨간 바람막이 웃옷만 놓치지 않고 따라갔다. 그레질을 시작한 외숙모와 적당한 거리를 두고 쭈그려 앉아 깔쿠리로 갯벌을 조심스럽게 긁어 나갔다. 무엇이든 걸리면 함지에 던져 넣었다. 큰 것 작은 것 닥치지 않고 던져 넣었는데 종류도 다양했다. 생합도 더러 있고 꼬막 동죽 모시조개 바지락도 나왔다. 작은 조개들은 그냥 뻘흙과 한 뭉치가 되어 나왔지만 그대로 흙덩이를 던져 넣는다. 어릴 적부터 수십번 해본 짓이어서 갯벌에 처음 들어온 관광객보다는 훨씬 나았다. 한시간쯤 쭈그리고 이동했더니 무릎과 허리가 아파서 견딜 수가 없었다. 역시 힘든 것보다는 지루함을 참기가 더 어려웠으리라. 그는 일어나서 서성거리다가 문득 하늘을 보았다. 달이 많이 기울어 훤한 기운이 서쪽으로 몰렸고 동쪽의 많은 부분에 별이 보이기 시작했다. 그쪽 하늘은 검은 종이에 반짝이는 잔모래를 아무렇게나 뿌려 놓은 것처럼 수많은 별이 하늘에 박혀 있었다. 갑자기 이곳저곳에 유성이 길게 빛 선을 그으며 떨어졌다.

왜, 그만할려?

멀찍이 서서 뒷걸음질로 그레를 끌던 외숙모가 묻자, 동수는 얼결에 대답했다.

예, 슬슬 돌아갈까 하구요.

여기서 제법 멀 텐데, 괜찮겠냐?

멀어봤자 십리 길도 못 되잖아요.

그려, 먼저 들어가아. 그 함지는 두고 가, 경운기에 싣구 가게.

네, 그럴게요.

동수는 돌아서서 갯벌을 걷기 시작했다. 뭍에서 걷는 것과 달라서 어디만큼 왔는지 시간이 얼마나 지났는지 가늠이 되지 않았다. 달빛이 등 뒤로 쫓아와서 발 앞에 제 그림자를 앞세우고 걷는 듯했다. 다만 멀리 보이는 하제 마을의 불빛을 바라보며 걸었다. 희부연 달빛이 있긴 했지만, 몸의 몇 발자국 바깥은 어둠이었다. 동수는 저 혼자 이 너른 갯벌에 있는 줄 알았다. 그런데 무슨 소리가 들리는 것 같았다. 멈춰 서서 들어보고 그는 깜짝 놀랐다. 아주 작은 소리, 말로 표현할 수 없는 소리들이 온통 가득했다. 그는 한참 가만히 서서 그 소리를 들었다. 소리가 점점 커지더니 나중엔 귀가 먹먹할 정도였다. 그게 다 무엇이었을까. 헤아릴 수 없는 구멍마다 생명들이 소리를 내고 있었다. 대합창이었다. 갯벌이 밤에는 거대한 노래밭인 거다. 동수는 그 정적 속의 소리를 방해할까 두려워 걸음을 뗄 수가 없었다.

10

 유 신부의 속명은 산하, 세례명은 프란체스코를 우리 식으로 표기한 방지거였다. 그는 유분도가 강경에서 잡혀 순교할 때 천주교인 가족을 따라 함열로 갔던 사무엘의 후손이었다. 어린 사무엘을 데려간 사람은 충청도에서 박해가 일어나자 피하여 부여 칠갑산 장평골에 숨어 살던 천주교인이었다. 그들은 금강 건너편 강경에서 유분도의 가족이 잡혀간 뒤에 가만히 내려왔다가 큰 여각의 선주를 만나 숨겨두고 있던 사무엘을 떠맡게 되었다. 이제 관가에서 장평골 공소를 당장이라도 급습하게 될지 모를 일이었다. 충청도 사람은 사무엘을 양아들로 들였다. 그는 소싯적부터 돌 다루는 재간을 익힌 석공이라 함열에 있는 채석장을 찾아

가게 되었고 자신의 신앙을 감추고 숨어 살았다. 유산하가 부근 황등에서 태어났으니 그들 가족은 대대로 그 지역을 떠나지 않은 듯했다. 그의 아버지는 늘 말하기를, 우리는 병인박해 때 순교한 고조할아버지의 후손이다,라고 알려주었다. 세월이 흐르고 조선이 개화하면서 천주교가 공인되자 숨었던 교인들은 다시 성당과 공소를 열었으며 새로운 신도들도 늘어났다. 그의 집은 제사 대신 예배를 보았고 시골 마을에서 가난하게 살면서도 늘 사람들로 북적거렸다. 아버지가 집을 공소로 내놓았기 때문이었다.

유산하는 가톨릭 고등학교를 나와 신학교에 진학했고 그동안 아버지는 성당 종 치는 일에서 농장 돌보는 일, 양계장 닭치는 일까지 마치 교회의 머슴처럼 일하며 가족을 돌보았다. 유산하가 방지거 신부가 되어 시골 작은 성당의 신부로 일하던 시절 비가 억수로 내리던 날, 아버지는 자전거를 타고 백리쯤 떨어진 아들의 교회로 찾아오다가 길에서 쓰러졌다. 지나던 농부가 쓰러진 이의 품에서 십자가 달린 묵주를 발견하고 부근의 가까운 성당에 연락했다. 성당 주임신부가 비에 젖은 노인을 병원으로 옮겼을 때는 이미 숨이 멎은 뒤였다. 간신히 연락이 되어 방지거 신부가 병원으로 찾아가 아버지의 시신을 수습했다.

칠팔십년대의 군사정부는 산업화를 급진적으로 추진하

면서 도시에서의 저임금을 유지하려고 저가 농산물 정책을 고수했고, 소작인과 소농 들은 살기가 힘들어지자 고향을 떠나고 있었다. 농촌 사제였던 방지거 신부는 농민들이 생산물의 정당한 대가를 받으려는 운동에 도움을 주려고 노력했다. 군부독재 치하 각 계층의 사회변혁 운동은 서로 영향과 작용을 주고받으며 전개되었다. 독재자가 종신 집권을 선언하고 이에 반대하는 지식인 종교인 학생 들을 닥치는 대로 체포하기 시작했을 때 가톨릭의 주교도 체포되었고 이를 계기로 젊은 신부들은 정의평화사제회의를 만들어 이에 대응했다.

방지거 신부가 서울 대성당에서 보좌신부를 하고 있던 시기였다. 처음으로 어떤 목소리를 들었던 날 밤을 기억한다. 새벽녘 깊이 잠들어 있었는데 갑자기 돌로 지은 거대한 낭하의 끝에서 울려 퍼지듯 굵직하고 우람한 목소리가 들렸다. 너 어디 있느냐? 그는 아직 덜 깬 상태에서 대답했다. 네, 저 여기, 하다가 문득 잠에서 깼는데 분명히 귓전에 그 목소리가 또 들렸다. 너 어디 있느냐? 소리가 너무도 분명해서 방지거 신부는 상반신을 일으키고 앉아서 두리번거렸다. 자기 방의 작은 침대와 책상 의자 그리고 흰 벽에 나무 십자가 하나, 그뿐이었다. 그는 책상 앞에 앉아서 잠깐 기도했고, 그들에게 사형이 선고되었다는 어제 뉴스를 기억해냈다. 정부는 학생 시위가 치열해지자 본보기를 보이기 위해 이전에 입건되었던 사회 인사 몇 사람을 긴급 체포했다. 조작된 간첩단 사건을 발표하고 일이심 재판을 급히 진행하더니, 삼심 대법 재판에서 피고인들을 출석시키지도 않은 채 십분 만에 사형 확정 선고문을 읽어치웠다.

유 방지거 신부는 그날 아침에 천주교인권위로부터 급한 전화를 받았다. 날이 새자마자 그들의 형이 집행되었다는 소식이었다. 사형을 선고하고 열여덟시간 만에 집행한다는 것은 세계 어느 나라에서도 있을 수 없는 일이었다. 그는 몇몇 사제단 신부들과 함께 서대문 교도소로 달려갔다. 당국은 시신을 가족에게 돌려주지 않고 임의로 화장 처리하려 한다는 것이다. 교도소 정문 앞에서 유가족들이 땅바닥에 주저앉아 통곡하고 있었다. 유 신부가 막아선 경찰들에게 달려가 항의하니 정문을 지키던 젊은 교도관이 속삭였다. 후문, 후문으로 가보세요. 그는 재빨리 눈치채고 가족들에게 전하고는 후문으로 달려갔다. 마침 덮개 씌운 군용 트럭이 나오려고 정문 바리케이드를 치우는 중이었다. 방지거 신부는 길바닥에 드러누워버렸다. 트럭은 요란한 엔진 소리와 배기가스를 내뿜으며 신부의 몸 앞에까지 바짝 들이밀고 부르릉거렸다.

이놈들아 못 나간다. 나를 치고 가라!

가족들도 따라와서 신부의 옆에 주저앉았다. 뒤늦게 연락받은 경찰 기동대가 달려왔다. 그들이 길에 앉은 사람들을 끌어내자, 트럭은 사정없이 속도를 내면서 지나가려고 했다. 유 신부가 백미러를 잡고 운전석 아래 발판에 한쪽 다리를 얹으며 매달렸다. 운전사의 당황한 얼굴이 보였는가 싶더니 그가 핸들을 급히 꺾었고 신부는 차에서 떨어지며 땅바닥에 나뒹굴었다. 뒷바퀴가 신부의 다리를 밟고 지나갔다. 이후 그는 한쪽 다리를 절게 되었다. 그날 밤이 되어서야 당국에서는 화장 처리된 상자를 가족에게 내주었다. 뒷소문에 의하면 고문의 상처가 뚜렷한 시신들을 세상에 공개할 수 없었기 때문이라고 했다. 그날부터 방지거 신부의 가슴에 와서 꽂혔던 한마디 '너 어디 있느냐?' 하는 소리가 늘 함께 있었다.

금강 만경강 동진강의 하구를 막아 갯벌을 매립해서 농지를 얻겠다는 서해안 간척사업은 집권에 급급한 정치인과 탐욕스러운 건설업자와 사익을 위하여 거들었던 언론이 어우러져 저지른 토목 범죄였다. 계획 준비 기간은 칠십년대부터 삼십년이었지만 그 기간에도 공사가 그쳤다가 찔끔찔끔 다시 시행되곤 했다. 신군부가 재집권하면서 전라도 민심을 달래고 표를 얻기 위해서 즉흥적으로 내놓은 안이 새만금 개발사업이었다. 공사 시작 이후 이십여 년이 지나서 농지 확대라는 목적은 시대적 효용성을 잃었고, 산업단지, 레저 관광 용지, 재생에너지, 심지어는 매립 자체가 발전이라는 식의 개발을 위한 개발로 애물단지가 되어간 과정이었다. 방조제 공사와 갯벌 매립으로 바닷물이 흘르드는 속도가 느려지고 조금 때는 육지 근처의 갯벌까지 미치지 못하면서 갯벌은 말라서 갈라 터지고, 소금기가 하얗게 뒤덮였다. 어패류는 물론이고 뻘흙 아래 숱한 생명체들이 죽어 어민들이 경운기를 타고 나가다보면 예전 같은 싱싱한 갯비린내는 사라지고 도시의 하수도 시궁창 냄새가 진동했다. 갯벌은 생물이 살 수 없는 곳으로 변해갔고, 이런 갯벌을 주민들은 '죽뻘'이라고 불렀다. 갯벌을 잃은 연안의 수만명 어촌 사람들은 약간의 보상금만 받고 고향을 떠나 도시 빈민이 되어갔다. 물밑에 숨어 보이지도 않는 사람 아닌 생물들은 더욱 처참했고, 그것들을 먹이로 삼던 수백만마리의 새들은 방향을 잃었다.

유 신부는 이천이년에 부안 성당에서 시무하고 있었다. 그에게 지난 삼십여년은 폭풍을 정면으로 맞받으며 걸어온 듯한 세월이었다. 그는 힘들고 어려운 일이 생기거나 도움을 기다리는 사람 곁에 늘 함께 있으려 했다. 수년간의 투옥을 치르고 나와서도 전국에서 벌어지는 노동자나 농민, 철거민 들의 농성 현장과 임시 거처들을 찾아다녔다. 세상 사람들은 그에게 '길 위의 신부'라는 별명을 지어주었다. 그러다 모처럼 고향 근처에 내려와 작은 시골 마을공동체를 돌보는 사제로 돌아와 있었다. 유 신부는 새만금에서 뭔가 심각한 일이 벌어지고 있다는 소리는 풍문을 들어 조금 알고 있었다. 농토가 넓어지면 좋은 일인데 왜들 다투나, 하고 있던 참이었다. 주민들의 풀뿌리 운동 단체인 '부안사람들'의 회원 몇이 성당으로 방지거 신부를 찾아왔다. 모임이 있는데 좋은 말씀 해달라는 것이다. 해변가 간척지 흙땅에 쳐놓은 천막을 중심으로 어촌 아낙네들 백여명이 비닐을 깔고 둘러앉아 있었다. 바다 물막이 공사를 하려고 계화도 바닷가의 아름다운 해창산을 포클레인으로 마구 파헤쳐 돌과 흙을 수백대의 덤프트럭으로 실어 나르는 현장 가까이에서 주민들은 농성 중이었다. 이 날 대화 모임에서 회원들은 사회적으로 널리 알리기 위해서 주민들의 호소를 녹음했고, 이를 정리해서 인쇄물도 내고 인터넷에도 올리자는 의논이 있었다.

생합 캐서 부안까지 이고 댕기믄서 팔고, 꽝주리에다가 막 이고 저그 읍내까지 막 담박질허는 거여. 거그서 팔고 또 오믄서 보리 팔어 갖고 와서 먹고. 바다 갔다 와선 밭일 혀야지. 쪼깐 뺀허면 막 산으로다 나무허러 가고 또 뺀허면은 바다로 가고 밭으로 담박질허고 쉴 참이 없었제. 물이 들오면 아 우리보고 생합 그만 잡으라고, 집으로 가라고, 생합 임자가 들어오니까 우리는 가자, 그라고 오지. 생합 임자가 바다잖여. 욕심내지 말고 묵고살 만치만 잡아야지. 육 남매 생합 잡어서 다 키우고 갈치고, 날마다 캐도 가믄 또 있고, 또 가믄 또 있고. 근디 저렇게 갯벌 읎애는 새만금이 공사를 허니께 바다가 죽어가고 생합도 죽어부러. 이제 갸들 볼 날도 얼마 남지 않았어.

아휴, 덤프차가 독을 실어다 막 철철 부서. 물 막는 공사를 허는 거여. 그 붓어쌓는 소리에 내 가슴이 철렁철렁 내려앉어. 해창산을 털어다 붓으면 새만금이가 금방 막히잖여. 새만금을 못 막게, 다만 일년 이년이라도 연장하믄 우리가 다믄 이년이라도 생합을 잡아먹고 살잖여. 그렇게라도 살아 나갈라고 그라제.

차 못 다니게 찻길에 가 앉어 있었더니 나를 막 끗고 가니께, 차 앞에 가 누워뻔 거지. 너무 한스러워. 그런 용역 사람들헌티 당하고 힘이 부족하니께. 그게 억울해서 그래 울었지. 바다가 우리헌티는 진짜 우리 생명이지 우리 생명. 바다 생명두 우리 생명두 연관이 있지. 경찰서에 연행될 때 담담했어 나는. 붙들어 가라, 무서울 거 하나도 없는 거여. 경찰도 안 무섭고 대통령이 와도 안 무설 정도여. 왜 공사 차를 막았냐, 나 먹고살라고 막았다, 니네들은 다 배우고 똑똑허고 권세 있응게 큰돈 벌어먹고 잘살지만, 우리는 바다 하나 믿고 하루 벌어 하루 살응게 그거시 우리의 만족인디, 그것마저 뺏어가면 우리는 어떻게 사냐고? 진짜 우리 목심을 끊는 거나 다름이 없는 거지.

나를 누가 막어? 나는 어디를 가데래도 바다 죽이는 이 공사 반대할 거시여. 계속 반대할 거여. 내가 살아야 할 곳인디, 그럼 안 되지. 암먼, 바다는 내줄 수가 없어. 내줄 수가 없어.

그러나 변산의 수많은 산줄기가 벋어 내려온 끝자락 바닷가에 있던 이백오십 미터의 아름다운 해창산은 방조제를 쌓는다고 흙과 돌을 퍼내고 깎아버린 탓에 십여 미터만 남은 참혹한 둔덕으로 변했다. 환경운동을 하는 이들과 주민들은 그동안 물막이 공사를 중지시키려고 크고 작은 소송, 공사장 시위, 단식농성, 다 해보았지만, 개발이 발전이라고 믿는 도시민들과 폭력적인 개발추진협의회 용역들에게 방해받는 외로운 싸움이었다. 물막이 공사는 이제 막바지에 이르고 있었다.

방지거 신부는 천주교, 개신교, 불교, 원불교의 종단에서 신부, 목사, 스님, 교무가 함께 참여하여 해창 갯벌에서 서울 광화문까지 절하며 가자는 안을 냈다. 삼보 일배, 즉 세 걸음 걷고 땅에 엎드려 절하는 동작으로 서울까지 가자는 것이다. 얼핏 보자면 이런 방식은 천주교에서는 말할 것도 없고, 불교 종단에서도 이전에 없던 일이었다. 평생에 한번 자신의 업보를 풀기 위해 성산을 향해 오체투지로 기어가는 것은 티베트의 민중적 수행 방식이었다. 방지거 신부는 그의 이런 방식에 관하여 묻는 이들에게 대답했다.

세상 어느 곳에서나 그곳 사람들의 삶의 방식대로 실천하는 것이 생명과 평화의 길이요 하느님 뜻이겠지요. 저는 제 세례명인 프란체스코라는 이름의 의미를 이제 겨우 알아가는 중입니다.

느리고 무겁게 한 걸음씩 걸었다. 세 걸음 걷고는 직립해서 걷는 인간의 가장 낮은 자세로 땅바닥에 엎드려 참회의 절을 했다. 삼월 봄 날씨는 수시로 변했다. 비가 오다가 서리가 내리고 진눈깨비가 오거나, 날이 맑다가도 황사와 먼지가 자욱한 날이 반복되었다. 아무리 좋은 날씨여도 도로에 깔린 매연과 먼지는 피할 길이 없었다. 코끝에 와닿는 타이어 가루와 먼지에 한시간도 안 돼 얼굴이 검게 변하고 콧속은 먼지로 가득했다. 무엇보다도 괴로운 것은 비에 젖은 길에서 무수한 생명들의 짓이겨진 시체를 보게 되는 일이었다. 트럭이 지나간 자리에 온몸이 처참하게 짓이겨진 개구리의 주검들이 흩어져 있었다. 비가 오는 날이면 작은 곤충부터 시작해서 도로의 옹벽에 가로막혀 차바퀴에 뭉개진 지렁이들에 이르기까지 차를 타고 가면 볼 수 없는 주검들이 길 위에 가득했다. 길을 건너다 미처 피하지 못한 고라니, 노루, 달리는 차체에 부딪혀 떨어져 죽은 꿩, 멧비둘기, 작은 새들까지 생생히 보였다. 인가가 가까운 도로에서는 개와 길고양이와 쥐의 뭉개진 주검들이 많았다. 엎드리면 사람도 미물임을 깨닫는다.

서울까지 팔백리 길을 육십오일 동안 세 걸음 걷고 절하고 가면서 그들은 육신이 부서져나가는 듯한 고통을 느꼈으나, 한편으로는 뉘우침의 길이 되었다. 이게 다 이 시절 우리 모두의 탓이라는 참회의 길이었다. 그들이 해창 갯벌을 떠날 때 밝혔듯이 삼보 일배는 모든 죽어가는 것들을 위해 스스로를 바치려는 안간힘이었다.

그럼에도 이 먼 길을 기어간 삼보 일배가 끝난 지 열흘도 되지 않아서 새만금 물막이 공사는 완공되었다. 줄지어 달려든 덤프트럭들은 엄청난 돌무더기를 바다에 쏟아부었다. 장대비가 내리는 가운데 주민들이 이제 막 물막이 공사가 끝난 새만금 방조제로 몰려갔다. 공사 측 용역들에게 둘러싸여 욕설과 폭력을 참으며 방조제를 파냈다. 수십 명이 삽과 곡괭이를 들고 온몸으로 돌더미를 파낸 것이 겨우 이 미터였다. 방해를 무릅쓰고 그만큼 파내는 데는 다섯시간이 걸렸다. 그러나 굴착기로 다시 그것을 덮어버리는 데는 채 오분도 걸리지 않았다.

11

　전투기 한대가 활주로 착륙을 위해 수라 갯벌 위를 한바퀴 선회하고 있었다. 낮게 접근하는 제트기의 폭음 때문에 놀란 새들이 일제히 날아올랐다. 지상에 가까워진 비행기는 오후 세시의 햇빛을 받아 연한 회색빛으로 밝은 하늘 속에서 희미해진 듯했다. 그 옆모습은 어딘가 뻣뻣하고 부자연스러운 큰 맹금류처럼 보였다. 민물가마우지 수백마리가 날아오른 하늘은 새떼의 울음소리와 날개로 가득 찼고 전투기는 그 가운데로 가차 없이 지나갔다. 새들이 뿔뿔이 흩어지고 몇마리가 엔진 속으로 빨려 들어갔는지 또는 부딪쳤는지 알 수 없었으나 검은 것들이 흩어지며 떨어지는 게 보였다.

배동수는 갯벌의 산조풀과 갈대가 자란 풀밭에 엎드려 있었다. 그는 전투기가 착륙하는 순간을 기다렸다가 드디어 민물가마우지떼와 충돌하는 장면을 카메라로 찍을 수 있었다. 그가 갯벌의 배후습지를 향하여 뛰어갔다. 눈짐작으로 거리와 위치를 파악하고 나서 가까워지자, 그는 해홍나물이며 칠면초가 울긋불긋 자라난 모래땅을 살피면서 천천히 걸어갔다.

제방으로 막힌 안쪽은 이미 오래전에 해수가 사라진 호수로 변했고 내륙 쪽으로 찾아가던 기러기, 오리 종류와 민물가마우지, 검은머리흰죽지 같은 새들이 사라진 도요새들 대신 모여들기 시작했다. 이제 새만금은 방조제 공사가 끝난 지 오래였지만, 미군 비행장 바로 옆에 있는 수라 갯벌 위에 신공항 활주로를 만드는 일이 마지막으로 남아 있었다. 사람들의 조사에 의하면 처음 설계 시안이 발표될 때부터 이 부분은 알 수 없는 검은 먹칠이 되어 있었다. 군산 신공항은 미군 공항의 확장을 위하여 오래전부터 기획된 안이었다.

공항 북쪽 옥녀봉 위에는 만 이천여마리의 민물가마우지 둥지가 있었고 주변 서식지가 새만금 개발로 모두 사라진 지금은 금강 건너편 서천 장항 갯벌과 더불어 거의 유일한 철새들의 서식지였다. 오전에 옥녀봉 둥지에서 만여마리의 민물가마우지 무리가 예전에는 바다였던 새만금 호수로 사선 방향으로 날아가 먹이 활동을 하고, 많은 무리가 오후에는 쉬려고 동북쪽 옥녀봉으로 되돌아가면서 새들은 어쩔 수 없이 비행장 활주로 주변을 지나가야 했다. 새만금 산업단지 앞 물가에도 삼만여 마리의 검은머리흰죽지 무리가 날아다녔다. 이들 외에도 겨울에는 기러기 오리 무리가 수만마리였다. '신공항반대 시민모임'이 수라갯벌은 공항 용지로 적절치 않음을 여러 사례를 들어 경고 반대한 것에 대하여, 공항 건설사업 측과 환경부는 구체적인 증거자료를 요구하고 있었다. 사진과 새들의 개체별 정보만 가지고는 어딘가 부족했으므로 배동수에게는 직접 충돌의 순간 포착이 중요했다. 예전에 물막이 공사가 끝나고 갯벌이 썩어가면서 호주에서 먼 길을 날아온 도요새들이 굶어 죽기 시작한 때에, 앙상한 새의 사체들을 거두어 갯벌 위에 늘어놓고 사진을 찍은 적이 있었다. 환경운동가들은 그 참혹한 기억을 소송 재판정에서 울며 증언하곤 했다.

  배동수는 드디어 풀숲에 떨어진 가마우지를 찾아냈다. 몸이 찢기고 날개가 부러진 사체를 발견하고 그가 다리를 잡아 올리자 피가 갯바닥에 흥건하게 흘러내렸고, 죽은 새의 몸은 아직 따뜻했다. 그는 떨리는 손으로 카메라를 움켜쥐고 사진을 찍었다.

  삼보 일배 행진과 함께 물막이 공사가 끝난 지도 벌써 이십년의 세월이 흘렀다. 그동안 한 시대의 수많은 사람은 일하고 밥 먹고 애 낳아 기르며 무심하게 살아갔다. 시의원 도의원 국회의원 대통령을 투표하여 뽑기도 하고 갈아 치우기도 하며 살아갔지만, 여기서 무슨 일이 벌어지고 있는지는 소수의 사람만 알고 있었다. 그리고 서로를 잊고 잊히며 다들 늙어가고 세상을 떠났다. 그렇다, 모두 자잘한 일에 지나지 않았다.

  군산에서 부안을 연결하는 팔십여리에 이르는 세계 최장의 방조제를 쌓아서 바닷물을 막고 매립이 이루어지면서 선전 문구대로 '단군 이래 최대의 간척사업'은 끝난 듯했다. 그 면적은 물과 갯벌 포함하여 서울의 삼분의 이나 되는 엄청난 넓이였다. 구십년대에 시작해서 삼십년이 넘은 지금도 매년 엄청난 돈을 쏟아붓고 있지만 언제 끝날지 아무도 장담을 못한다. 시작할 때는 농지를 만든다고 했지만, 시대가 바뀌면서 간척의 명분도 달라졌다. 새만금의 완공을 선전하는 간행물마다 욕망의 아우성이 가득했다. 새로운 문명의 도시, 세상 어디에도 존재하지 않았던 새롭고 놀라운 관광 레저의 땅, 세계를 선도하는 그린에너지와 신산업 허브, 모두가 살고 싶은 명품 수변 도시. 마지막으로 간신히 남아 있던 수라 갯벌에 건설하겠다는 국제공항은 산업단지, 카지노, 스마트 수변도시 등 새만금 개발 사업 계획의 한가지에 지나지 않았다. 공항 건설을 막았다고 해도 또다른 산업용지가 필요하다는 새로운 이유로 갯벌을 매립할 수 있다. 누군가 끊임없이 개발의 이유를 발명해내고 매립과 준설의 이익을 얻는 구조를 없애지 않는 한 새만금 사업은 끝나지 않을 것이다.

배동수는 대학엘 가고 군대에 갔다 오고 직장을 얻고 결혼하는 이십대 후반의 한국 남자가 거치는 길을 별 탈 없이 지나왔다. 경기도 안산의 간척지 공사로 생겨난 시화호가 썩어가면서, 당시에 진행되던 새만금 공사에 대한 반성과 회의가 일어나던 무렵에 그는 시민 모임에 들게 되었다. 그는 삼보 일배가 진행되고 부안 물막이 공사가 완결되던 무렵에 아예 다니던 직장을 나왔다. 그러고는 비교적 시간이 여유로운 아파트 보일러 기사로 직업을 바꿨다. 이제 생업은 부업이 되었고 전업이 환경 지킴이가 된 것이다. 그는 누가 물으면 다른 할 말이 없어서 중얼거리곤 했다. '갯벌의 합창을 들은 적이 있지요'라고 대답했다.

방조제가 막힌 뒤 고작 한 사리가 지났을 무렵이었는데 갯살림 나갔던 계화도 아줌마들은 모두 울었다. 아침 여섯시에 갯벌에 나갔더니 온통 갯바닥이 벌겋게 변해 있었다. 생합들이 펄 위로 기어 나와 갯벌을 붉은색으로 덮어 놓았다. 초여름 날씨에 바닷물이 들어오지 않는 갯벌에는 소금꽃이 하얗게 피었다. 비가 왔고 그 빗물에 소금이 녹아 흘러내렸다. 생합들은 그게 바닷물인 줄 알았다. 죽어가면서 목마르게 기다리던 조개들은 너무나 반가워서 모두 기어 나왔다. 그렇게 펄 위로 기어 나온 생합들은 바닷물을 찾아 갯벌을 헤매다 지쳐서 천천히 말라 죽어갔다. 그날 동수도 갯가에 서서 주민들과 함께 울었다. 방조제가 막힌 뒤 바닷물이 드나들 수 있는 통로는 배수갑문뿐이었다. 배수갑문은 하루에 두번 열렸고 그것은 이곳 생물을 배려하겠다는 시늉에 지나지 않았다. 갯벌은 바닥을 드러내고 말라가기 시작했다. 비가 한줄금이라도 내리면 이제나 저제나 바닷물을 기다리던 갯벌 생물들이 모두 갯벌 위로 올라왔다. 갯벌 위로 올라온 작은 조개들은 몸을 세우고 필사적으로 펄로 들어가려고 애를 쓰지만 이미 말라버린 갯벌은 그 작은 몸마저 받아주지 않았다. 갯벌 생물들은 여기저기서 입을 벌리고 바닷물을 달라고 아우성이었다. 장마가 지고 방조제 안의 염도가 낮아지면 모두 입을 벌리고 죽어갈 것이다.

  서해안의 물고기를 비롯한 바다 생물의 칠십 퍼센트가

일생에 한번은 금강, 만경강, 동진강 하구의 너른 갯벌에서 태어나거나 살았던 때가 있고, 돌아오기를 거듭한다. 이곳이 막히면서 서해안의 어획량이 눈에 띌 정도로 줄어들었다. 어패류와 철새의 팔십여 퍼센트가 줄었으며 이십만마리가 넘던 도요물떼새는 거의 구십칠 퍼센트가 사라졌다. 바닷물의 유통이 막히고 갯벌이 흙에 덮이면서 게나 조개가 사라지고 그것들을 먹던 도요물떼새 부류가 죽어간 것은 너무도 당연한 일이었다. 도요새 무리는 대개가 월동지인 뉴질랜드와 호주에서 출발하여 십여일을 쉬지 않고 날아와 새만금 갯벌 일대에 도착하면 몸무게의 절반 정도가 줄어들어 있다. 새들은 갯벌에서 짧게는 이주에서 길게는 한달 반 정도 쉬며 먹이 활동을 하고 원기를 회복하여 시베리아와 알래스카의 번식지로 날아간다. 이곳 경유지는 그들의 생명선이었지만, 이제 끊어지고 만 것이다. 갯벌에서 죽기도 했지만 제대로 먹지 못한 새들은 이동하던 도중에 허공에서 기진맥진하여 떨어졌다. 줄어든 대부분의 도요새 부류는 죽은 게 틀림없었다. 왜냐하면 다른 서식지도 없었고, 첫 출발지에서 떠난 새들이 돌아오지 않고 어디론가 사라졌기 때문이다. 방조제가 완공되고 난 첫해에 이미 주민들은 새들의 사체를 갯벌에서 수십마리씩 보았고, 살아 있는 개체들이 먹이를 다투며 서로 쪼고 날개로 치며 다투는 모습도 보았다.

　유 방지거 신부는 은퇴했고 자기 말대로 작은 교회에서 해방되어 더 큰 새로운 교회를 갖게 되었다. 성령께서는 세상 모든 곳, 그리스도 교회 공동체 밖에서 더욱 보편적으로 하느님 사랑을 실현하신다고 그는 믿고 있었다.

　이제 그는 자기 말처럼 거의 '산신령'급으로 늙어버렸다. 방지거 신부는 오랜 고향이나 다름없는 군산으로 돌아왔고, 그의 곁에는 하나둘씩 모여든 활동가들 십여명이 한 식구가 되어 있었다. 수십년 전 죄 없는 사형수들 시신을 찾으려다 부상한 사건의 재심이 뒤늦게 이루어지고 피해 보상을 받으면서 신부에게 작은 목돈이 생겼다. 유 신부는 그 돈으로 옥구 나가는 작은 마을에 집을 샀다. 그리고 모여든 활동가들이 낡은 집을 늘리고 수리해서 이른바 '평화 본부'를 만들었다. 먼 데서 그 집을 찾는 사람들은 모두 방지거 신부의 된장찌개와 갈치조림을 높이 평가했다. 그런데 신부는 집을 보러 갔다가 이 집을 두말없이 결정하게 된 이유를 말했다.

　마당에 서니, 코쟁이들 부대 담장이 바로 앞에 있는 거야.

　본부 집에서는 수시로 헬리콥터 뜨고 내리는 소리와 전투기의 엔진 폭음이 들려왔다. 마을에서는 미군기지의 정문이 가까웠다.

　해방되어 일본이 물러가자 곧 남북이 분단되면서 전쟁이 터졌고, 미군이 예전 일본군 비행장을 물려받았다. 옛날 옥녀봉 아래 상제 중제 마을을 합친 선연리 일대가 그곳이었는데 이제 미군기지의 주소는 코리아가 아니다. 육군 공군 우체국, 태평양 연안 미군기지로 되어 있다. 지휘부가 캘리포니아로 되어 있으니, 그곳은 캘리포니아 땅이었다. 오륙십년대 전후 분위기가 남아 있던 시기에는 철조망만 듬성듬성 쳐져 있었다. 소나 염소가 그 안으로 들어가면 주인이 들어가서 끌고 나오기도 하고 풀밭이 좋은 곳에는 소를 매어 풀을 뜯기고 나중에 끌어오기도 했다. 철조망 가녘으로 초소가 있었는데 밤에는 경계근무자가 지키고 있었다. 술에 취한 마을 사람이 미군 초병과 겁도 없이 시비가 붙어 어쩌다 총을 쏘아 사살된 일도 있었다. 그런 일이 몇번 발생하고 담을 치기 시작한 것이 칠십년대쯤이었다.

　하제 마을은 그때 옥구면의 유일한 어항으로 전국에서 유일하다는 어패류 어판장까지 있어서 늘 사람으로 붐볐다. 회와 조개구이를 안주로 거나하게 마시려는 술꾼들이 시내에서까지 찾아와 포구의 술집마다 북적였다. 칠십년대 초반에 하제 어항은 새만금 간척사업 지구 안에 들어가게 되었다. 새만금 방조제가 완공된 뒤에 물길이 막히면서 지방 어항이 해제 고시된 다음부터 어선이나 배는 드나들 수 없게 되었고, 인적도 끊기고 버려진 폐선들이 포구에서 녹슬어갔다. 이천년대로 들어오면서 군산 미군 기지는 탄약고를 확장하고 전투력을 증강하고 대중국 초계 활동을 전개하면서, 하제 지역 여섯 개 마을의 주민들을 단계적으로 이주시키기 시작했다.

방조제 완공 이후 고군산군도 끝에 있는 무인도인 직도를 국제 폭격훈련장으로 공식화하기 시작했다. 이곳에는 큰 직도와 작은 직도가 서로 마주 보고 있으며 괭이갈매기와 뿔제비갈매기 저어새 등이 관찰되었다. 밝혀진 바에 의하면 이미 지난 이십여년 동안이나 무단으로 사격 훈련을 해왔다는 것이다. 밖에서는 쉬쉬했지만, 부근 섬 주민들에게는 공공연한 사실이 되어 있었다.

우리 어렸을 적에는 갈매기 알 주우려고 드나들던 섬이여. 괭이갈매기가 철마다 들러서 새끼 기르며 살았거든.

포탄이 떨어지면 집 전체가 흔들리고 지옥이 따로 없지요. 꼭 섬이 가라앉을 것 같았어요.

옛날 직도 이름이 갈매기섬, 알섬이라구 그랬어. 우리가 모두 거긴 조류원이라구 했지. 여러가지 새 종류가 엄청났어요.

직도 앞은 농어, 도미, 우럭, 꽃새우 같은 고급 어종들이 몰려드는 황금 어장이었어요. 한데 지금 직도 근처의 어로가 제한된 데다, 새만금 간척 이후 어족 자원이 확 줄어들었기 때문에 고기 씨알이 아예 말라버렸어.

방지거 신부와 평화 본부 식구들은 하제 마을 주민들의 토지수용령과 강제 이주에 대하여 매주 기지 정문 앞에서 연좌시위를 했다. 이제는 바닷물이 막혀 죽어버린 새만금 갯벌을 살리기 위해 방조제를 터줄 것을 요구하는 한편, 마지막 남은 수라 갯벌에 신공항을 짓는 사업을 반대하는 행동으로 군산 시내 사거리에서 매주 목요일에 침묵시위도 하는 중이었다.

배동수는 하제 마을이 토지수용을 당하고 주민들이 반쯤 떠났을 때 들른 적이 있었다. 빈집이 많았지만, 그래도 그때까지는 울도 담도 전봇대와 지붕도 멀쩡하게 서 있어서 안에 사람이 있는지 없는지 짐작을 할 수 없었다. 두번째로 산업단지가 조성된 간척지의 내초동과 옛날 사자암 봉수대 아래 어은리에 이주 단지가 마련된 이천십이년에 나머지 세대들이 모두 하제 마을을 떠났다. 그가 일 톤 트럭을 몰고 하제 마을에 도착한 것은 오후였고, 벌써 며칠 전에 포클레인과 불도저와 덤프트럭이 들어와 삽시간에 건물을 부수고 철거하여 땅바닥에 시멘트 기초의 흔적만 남겨놓았다. 그는 외갓집 집터를 머릿속으로 그려보며 길을 따라 걸어가보았다. 그러다 어쩐지 갑자기 작아진 듯한 마을의 집들 자취를 보며 이렇게 비좁은 데서 사람들이 모여 살았나 하며 놀랐다. 외갓집으로 짐작할 만한 길에 이르자 문득 그는 저쪽에 무성한 잎이 달린 가지를 벌린 높은 키의 나무를 발견했다. 동수는 그 나무를 금방 알아차렸다. 할매 나무다. 집과 담벼락 너머 동네에서 제일 안쪽에 있어서 몰라보았던 팽나무였다. 그냥 아무것도 걸리적거리지 않는 폐허를 지나 나무에게로 걸어갔다. 그는 울퉁불퉁한 옹이와 상처투성이의 나무에 다가서서 우람한 몸통을 두 손으로 쓸어보았다.

  그날 저녁 야근 들어가기 전에 동수는 방지거 신부네 본부 집으로 찾아갔다. 신부는 마침 밥상 차리고 있었다며 저녁 먹으라고 그를 반겼고, 십여명의 식구들도 밥상 앞에서 조금씩 궁둥이를 들어 그가 앉을 자리를 내주었다. 신부가 동수에게 물었다.

어디, 갯벌 둘러보구 왔어?

오늘은 그냥 하제 가봤습니다.

심란허지? 사정없이 다 철거해버렸겠지.

동수는 생각했던 말을 꺼냈다.

거기 귀한 분이 살아 계십디다.

응? 누구, 아직 안 나간 사람 있어?

육백년 사신 팽나무가 한그루 있어요.

육백, 엄청 크겠네, 그 나무.

동수는 예전 수십년 전에 그 나무를 보았던 이야기를 했고 일어서기 전에 한마디 말씀드렸다.

저는 수라 갯벌 지킴이 할 테니, 신부님은 그 할매 나무 지키세요.

뭐? 나무를 지키다니⋯⋯

코쟁이들이 마을 부지 쓴다잖아요. 그 나무 철조망에 갇히면 칼리포니아 나무 되겠네요.

어, 그럼 안 되지. 내가 새벽에 가봐야겠다.

이튿날 유 방지거 신부는 저절로 잠이 깼다. 평생 다섯시만 되면 아침 미사를 위해 그렇게 눈이 떠지던 것이다. 그는 베갯머리에서 일어나 앉아 기도하고는 옆방으로 건너갔다. 하제까지 제법 먼 길이라 그는 총무 역을 하는 김

바오로를 깨웠다. 그는 신부님을 보자 천천히 눈을 비비며 일어났다.

어디 가시게요?

신부가 집을 나서자, 그는 따라 나와 트럭을 돌렸고 옆자리에 신부가 앉았다. 주위는 아직 어둑어둑했다.

하제로 가보자.

약속 있으세요?

바오로의 말에 신부가 대답했다.

응, 그냥.

차는 직선 도로를 달려갔다. 오른쪽으로는 기지의 담장이 계속되고 그 너머로 탄약고의 반달집 퀀셋이 줄지어 있는 게 보였다. 왼쪽으로는 너른 논이었다. 차가 하제 마을 입구에 도착했을 때 신부가 말했다.

바오로는 여기서 기다려.

알겠습다.

유 신부는 혼자서 폐허의 길 흔적을 따라 걸어 들어갔다. 동이 훤하게 터서 낮게 깔린 구름 틈새로 주황빛 아침놀이 새어 나오고 있었다. 마침내 마을 터의 가장 안쪽 철망과 대숲이 있는 곳으로 가까이 가자, 검은 몸을 뒤틀고 서 있는 고목이 보였다. 방지거 신부는 아! 하며 잠깐 그 자리에 섰다. 그는 나무 쪽으로 걸어갔다. 그리고 저도 모르게 팽나무에 안기듯이 두 팔을 벌리고 뺨을 대보았다. 그때 그는 분명히 나지막한 쉰 목소리를 들었다.
 이놈아, 어디 갔다 인제 오냐.

작가의 말

 군산은 일제가 호남평야의 쌀을 수탈하기 위해 전략적으로 설계한 식민지 근대의 살아 있는 흔적이다. 항구에 밀집한 적산가옥과 근대건축군 등은 모두 식민 권력의 경제적 지배를 가능케 한 기반 시설이었다. 젊은 시절 전주에 놀러 갔다가 기차를 타고 이리역에서 내려 일부러 시외버스를 타고 군산 항구를 찾아 들어와보기도 했다. 그 무렵만 해도 옛 군산 내항 일대는 마치 일본의 작은 어촌을 연상시키는 항구 뒷골목의 선술집 분위기와 해물 안주로 술꾼들에게 잘 알려진 명소였다.
 나는 일제가 세운 만주국의 수도 장춘에서 태어났고, 해방 후 외가인 평양을 거쳐 서울 변두리 산업지구였던 영등포에서 유년 시절을 보냈다. 지금 와서 따져보면 네살 적부터 살았던 영등포야말로 내 고향이다. 예전 영등포역과 시장 일대의 기억이 각인된 나는 그곳과 비슷한 장소를 만나면 정서적으로 안정된 느낌이 들곤 했다.

군산에 오니 문정현 신부가 떡 버티고 있었다. 문 신부는 노동자 시위와 각종 철거 현장에 출몰하여 '길 위의 사제'라는 불편한 별명을 얻었는데, 군산에 와보니 그이가 '만년 사업' 중이었다. 문 신부와 그를 중심으로 모여든 환경·평화 활동가들은 미군기지 용지로 결정되어 철거한 삼백년 된 포구 마을 '하제' 터를 지키고 있었다. 그 하제 마을 제일 안쪽 구석에 있는 육백년 묵은 서낭목 팽나무가 빈터의 상징이었다. 문정현 신부와 '평화 바람' 일동은 한 달에 한번씩 팽나무 제를 지내며 전국의 문화 놀이꾼들을 불러 모으고 있었으며, 드디어 시민들의 염원에 따라 팽나무는 천연기념물 및 문화재로 지정되었다. 이제 이 나무는 아무도 함부로 베거나 없애지 못하게 되었다.

나는 군산에 이사 오자마자 하제 마을 빈터를 찾아가 막걸리 네병을 나무뿌리에 부어드리고 축문을 지어 소지하며 지켜드릴 것을 서원했다. 그 서원 안에는 팽나무를 주인공으로 소설을 한편 쓰겠다는 염원도 들어 있었다.

이 나무가 통과한 육백년이라는 시간은 물론 사람이 정한 시간일 뿐이며, 하늘의 해와 달과 별 그리고 바다는 어제도 오늘도 내일도 구분되지 않는 흐름 가운데 있다. 나는 사람으로서 이 육백년을 나무와 더불어 생각해보기로 했다. 불교의 시간 개념 가운데 윤회를 떠올렸다. 그렇지만 윤회란 고대 브라만교 이래로 내려온 생각일 뿐, 석가모니는 윤회를 거론하지 않았다. 그는 관계의 영원한 순환에 대하여 말하고 카르마의 이어짐에 대하여 말했다. 브라만교나 후대의 세속 불교가 전도와 사원의 유지를 위하여 윤회를 말하고 있을 뿐, 석가모니는 죽음 이후나 그 어떤 형이상학적 질문에 대하여도 침묵했다. 가령 내가 죽어 수백의 화학물질이 분해되어 어느 소나무 뿌리를 타고 올라 나뭇가지 끝의 일부분이 되어 다시 수백년 마을 풍경을 내다본다든가 하는 상상은 브라만의 영원한 자아 '아트만'과 상관없으니, 석가모니 식으로 가능한 이야기가 된다.

이 나무를 둘러싼 육백년은 역사가 아니라 인연과 관계의 순환이며 카르마의 계속되는 전이에 관한 이야기이다. 수년 전 코로나 팬데믹 기간에 부처의 '열반경'과 해월 최시형의 '사인여천'에 깃든 설법을 읽으며, 사람과 사람 아닌 것들의 삶과 죽음에 관한 이야기를 쓰고 싶다던 생각이 군산에 와서 '팽나무'를 만나면서 이제야 성사되었다.

  생사는 물론 세상만사는 인연에 따라 변화하는 것에 지나지 않는다. 개벽은 변화에 대한 사람들의 큰 바람일 것이다.

  준비부터 마치기까지 사년이나 걸렸다. 그동안 참아주고 기다리며 자료 수집에서 잡다한 일에 이르기까지 거들어주던 창비의 이진혁, 전성이 편집자께 감사드린다. 그리고 곁에서 일상을 책임지며 보살펴준 아내 윤지원의 격려가 없었다면 이 작품을 잘 끝낼 수 없었을 것이다. 앞으로 몇해나 더 글을 쓰게 될지 모르지만 그가 든든한 버팀목이 되어주리라 믿고 있다.

2025년 늦가을, 군산에서
황석영

감사의 말

우선 자료를 모으기 시작했는데 창비 편집부의 소개로 서재에 사백여권의 신간을 사들였고, 집필하는 책상머리 책장에 144권의 책들을 뽑아두었다.

불교, 노장철학, 동학, 천주교, 생물학, 인류학, 생태학, 자연과학 등에 관한 책들이었는데 수많은 신간들이 쏟아져 나와 있었다.

작품에 나오는 몽각 스님 일화에 삼국유사의 '조신의 꿈' 대목을 인용했다. 또한 문정현 신부와 문규현 신부 형제에 관한 인생을 조금 넣었는데, 이들 큰 신부와 작은 신부의 활동 상황을 유 방지거 신부라는 한 인물에 섞어 넣었다. 그들의 선조가 순교자 집안이라는 얘기에 착안하여 천주교도 순교 과정을 넣었다. 서학의 자극에 의한 것이라는 점에서 동학과 관련된 인물도 설정했다.

팽나무에 관하여 조사하고 글을 쓰고 천연기념물로 지정하는 실천까지 수고한 양광희 향토사연구가의 『600년 팽나무를 통해 본 하제 마을 이야기』(하움 2021)는 이 소설의 일차적 자료로서 나침반 노릇을 해주었다.

김준 교수의 『새만금은 갯벌이다』(한얼미디어 2006)는 서해안 어촌과 갯벌 생태계의 생생한 인문학적 기록으로서 몇년 동안 답사하며 사진 찍고 기록한 귀한 자료였다. 최성각 작가의 풀꽃평화연구소가 엮은 『새만금, 네가 아프니 나도 아프다』(돌베개 2004)는 현장 활동가들과 어촌 주민들의 발언을 담은 생생한 자료였고, 특히 나는 이 책에서 윤박경 연구원의 「새만금 갯벌이 살아야 우리가 산다」에서 취재한 현지인들의 발언을 인용했다. 또한 김곰치 작가의 『발바닥 내 발바닥』(녹색평론 2005) 중 「새만금예수님을 죽이지 마라」에서 녹색연합 간사 조태경의 갯벌 체험 부분을 인용했다. '갯벌의 합창' 구절이 감동적이었다.

오동필 시민은 젊음을 바쳐서 환경운동을 했는데 나를 갯벌 곳곳으로 안내했고 자기 체험담을 생생하게 전해주었다. 나는 그를 동학 농민군의 후손으로 소설에 등장시켰다. 문정현 신부의 식구이며 활동가 그룹인 '평화 바람'의

구중서 사무국장은 나에게 여러 활동 자료를 모아주었다. 사실은 그들의 활동에 관하여 자세히 알게 된 계기가 다큐멘터리 영화 「수라」(2023)의 황윤 감독에 의한 것이었다. 나는 그의 영화를 보고 깊이 감동하였으며 내 소설에 그들의 이야기를 담겠다는 의욕을 불어 넣어주었다.

  이들 모두에게 감사드린다.